열다섯,
벼리의 별

열다섯,
벼리의 별

1판 1쇄 2023년 9월 11일

글 백나영

펴낸이 모계영   펴낸곳 가치창조   출판등록 제406-2012-000041호
주소 경기도 고양시 일산동구 중앙로1347, 228호(장항동, 쌍용플래티넘)
전화 070-7733-3227   팩스 031-916-2375   이메일 shwimbook@hanmail.net
ISBN 978-89-6301-319-0 (43810)

가치창조 공식 블로그 http://blog.naver.com/gachi2012
단비청소년은 가치창조 출판그룹의 청소년책 전문 브랜드입니다.

열다섯,
벼리의 별

백나영 글

단비청소년

차례

❖ 영어에 능숙하지 않은 벼리이기에 영어 표현이 다소 틀린 부분이 있습니다. 영어의 한글 표기는 외국어 표기법을 따르지 않고 축약된 발음으로 표기했습니다.

도둑맞은 날

운종가는 조선 제일의 번화가다웠다. 사람들이 구름처럼 몰리는 곳이라더니 정말 그랬다. 오밀조밀 늘어선 가게들은 저마다 손님들로 북적였다. 물건값으로 흥정하는 소리, 손님을 끌어모으는 추임새로 활기가 넘쳤다.

나는 이곳의 생생함을 좋아했다. 양인에게 물건을 팔아 준 뒤 가게 주인으로부터 받는 뒷돈 때문이기도 했다. 그런데 오늘은 어째 그것이 보통 때만 못했다. 아니 턱없이 부족했다.

가슴께에 달아 놓은 돈주머니가 달랑거렸다. 텅 비어 있으니 내 마음도 헛헛했다. 이런 속내를 아델라라는 저 여인이 알 리 없었다. 그녀는 알렌과 함께 제중원을 꾸리기 위해 조선을 찾았다. 마포나루에서 만나 이곳까지 오는 동안 줄곧 사람들의 눈총을 받아야 했다. 웬만한 장정보다 큰 키, 노란 머리에 파란 눈을 한 도깨비 같은 외양 때문이었다. 종아리가 훤히 드러난 서양 치마는 보기 부끄러웠다. 게다가 콧대에 걸친 안경이라 불리는 그것은 볼 때마다 도깨비 눈알 같았다. 그런 것은 눈감을 수 있었다. 하지만 남들과 다른 그녀의 취향은 도통 이해가 되지 않았다.

양의인 아델라는 그간 길잡이를 맡으며 만났던 이들과 달랐다. 빛깔 고운 비단이 있는 포목점이나 없는 것이 없는 잡화점에는 도통 관심이 없었다. 잡화점에서 한참을 머무르면서 고른 것이 고작 붓과 종이였다. 이럴 줄 알았다면 애초에 고급 지전으로 향했을 것이다. 그곳의 물건은 잡화점의 것보다 질도 좋고 값도 비쌌다. 그러니 내게 떨어지는 고물도 더 많을 터였다.

잡화점에서 나오니 해는 이미 서쪽으로 기울어 곧 산을 넘을 기세였다. 어두워지기 전에 아델라를 제중원까지 데려다주어야 했다. 그런데 좀처럼 발길이 떨어지지 않았다.

'딱 한 곳만 더 들를까. 그 정도 시간은 될 거야.'

나도 모르게 자꾸만 돈주머니로 손이 갔다. 몇 푼 안 되지만 단단하게 잡히는 엽전의 느낌이 좋았다. 그래서인지 불끈 기운이 났다.

빠르게 주변 가게를 훑다 가죽신을 파는 신전이 보였다. 가게 앞 좌판에 놓인 꽃신을 보니 마음이 혹했다. 저곳이라면 주인과 짬짜미를 해 볼 만했다. 값이 비싸니 받는 고물도 꽤 될 것이었다. 나도 모르게 빙그레 미소가 지어졌다. 하지만 이내 고개를 저었다. 아델라가 신은 것을 보니 크기가 턱도 없어 보였기 때문이다. 무턱대고 신어 보라고 했다간 서로 무안할 상황이 벌어질 것 같았다.

이러지도 저러지도 못한 채 머뭇거리고 있는데 아델라가 먼저 발걸음을 떼었다. 사방을 두리번거리더니 맞은편 구석에 자리한 가게를 보고는 반가워했다. 그곳은 내가 좀처럼 가지 않는 책방이었다.

'설마 서책을 읽겠다는 거야?'

급한 마음에 걸음을 빨리했다. 아델라를 앞질러 내가 발견한 곳인 것처럼 책방 앞에 섰다.

"Come on, this is Chosun bookstore!"

책방은 그리 크지 않았으나 책은 꽤 많았다. 서가에 빽빽하게 꽂혀 있는 것도 모자라 한쪽 귀퉁이에는 오래된 책들이 돌멩이

올리듯 쌓여 있었다. 그래서인지 어스름하게 먹 냄새가 나는 것 같았다.

난 잡화점에서 하듯 널따란 가판대를 손으로 쓸었다. 재빠르게 훑어 양인이 좋아할 만한 것이 무엇인지 짚어 내곤 했기 때문이다. 그런데 미처 권하기도 전에 아델라가 덥석 책 한 권을 집어 들었다. 양인에게는 좀처럼 보기 드문 모습에 당황했지만, 엄지를 추켜세웠다.

"홍길동전, very good!"

"맞습니다, 없어서 못 파는 것이지요!"

낯선 양인 때문인지 줄곧 말이 없던 책방 주인이 그제야 맞장구쳤다.

아델라는 알아듣기나 한 것처럼 고개를 끄덕였다. 그러더니 자연스럽게 책장을 넘겼다. 글자도 모를 텐데 관심을 두는 모습이 신기하면서도 조금 우스꽝스러웠다. 그녀가 책들을 들춰 보는 사이 책방 주인에게 다가가 슬쩍 말을 건넸다.

"매상 두둑하게 내드릴 테니 입 씻으면 안 돼요."

책방 주인은 그런 것은 걱정 말라며 벙글거렸다. 이런 말은 미리 해 놓아야 뒤에 문제가 되지 않는다. 외지인들을 데려와 매상을 올려 주며 터득한 나름의 방법이었다.

　길잡이를 하며 난 눈치가 백 단이 되었다. 오늘도 줄곧 아델라를 살피기만 할 뿐 섣부르게 끼어들지 않았다. 아델라가 홍길동전을 내려놓고 다른 책에 관심을 보였다. 이럴 때 추임새를 넣어주어야 한다.

　"박씨전, very famous, very good!"

　잡화점에서 무엇 하나 선뜻 고르지 못하던 그녀였다. 그런데 책방에서는 전혀 다른 모습이었다. 책을 고르는데 크게 고민하지도 주저하지도 않았다. 결국 책방에서 나올 때 내 양손에는 커다란 책 보퉁이가 하나씩 쥐어져 있었다. 무게는 제법 나갔지만, 새털처럼 가볍게 느껴졌다. 책방 주인이 다음에도 부탁한다며 웃돈을 넉넉히 주었기 때문이다. 아까보다 한층 묵직해진 돈주머니 덕분에 마음이 한없이 든든했다. 보퉁이 따위는 문제되지 않았다. 이보다 두 배, 아니 세 배로 무거워도 상관없었다.

　하늘은 그사이 붉게 물들어 있었다. 이제 제중원으로 가면 되었다. 난 발에 날개라도 달린 듯 신나게 걸었다. 그런데 어느 순간 욕심이 또 자랐다. 딱 한 곳만 더 들러 물건을 산다면 더없이 좋을 것 같았다.

때마침 눈길 닿는 곳에 화랑이 보였다. 이끌리듯 그곳을 향해 바지런히 걸었다. 그러면서 아델라에게 묻는 것도 잊지 않았다.

"Chosun drawing 어때요?"

그런데 아무런 대답이 없었다. 아차 싶었다. 걸음을 멈추고 고개를 돌렸는데 아델라가 보이지 않았다. 훌쩍 큰 키와 노란 머리칼이 눈에 띌 만했지만, 어디에도 없었다. 사색이 되어 급히 책방으로 되돌아갔지만, 주인만 자리를 지키고 있을 뿐이었다. 그 옆의, 옆의 옆 가게도 살폈지만 허사였다.

'설마, 저쪽으로 간 거야?'

삼거리로 이어져 있는 시장 길의 끝을 바라봤다. 아무리 걸음이 빠르다 해도 어느새 저기까지 갔을까. 곧 어둑어둑해질 것이다. 당장 아델라를 찾지 못한다면, 학당까지 데려다주지 못한다면……. 그야말로 낭패였다.

무심결에 아랫입술을 지그시 깨물었다. 갑자기 심장이 훅 떨어지는 기분이었다. 책방을 나온 뒤 딴생각을 한 건 실로 잠깐이었다. 그래서 당황스럽고 또한 억울했다.

'화랑이고 뭐고 필요 없어, 어서 아델라를 찾아야 해.'

바삐 움직이는 사람들 틈을 헤쳐 나가야 했다. 양손의 보퉁이

를 힘껏 움켜쥐었다. 걸을수록 점점 숨이 가빠졌다. 그렇게 정신
없이 걸어 큰길로 접어들 때였다.

"썩 물렀거라! 다들 비켜서시오, 휘어이!"

저편에서 한 사내가 몽둥이를 휘휘 저으며 다가왔다. 그 뒤로
가마의 알록달록한 지붕과 길게 늘어선 사람들의 행렬이 보였
다. 지체 높은 양반이라도 행차하는 모양이었다. 길 가던 사람들
이 양옆으로 늘어섰고, 그 바람에 길이 막혔다. 멈춰 서는 것밖에
어찌할 방법이 없었다. 더 이상 앞으로 나갈 수 없어 바로 선 채
발꿈치를 바짝 들었다. 이쪽저쪽을 돌아보며 아델라를 찾았다.

그런데 그때였다. 맞은편 사람들 틈새에 불뚝 솟은 노란 머리
가 보였다. 아델라였다. 그녀 역시 나를 찾는지 사방을 두리번거
리고 있었다.

"아델라! 아델라!"

있는 힘껏 손짓했다. 목청이 찢어질 듯 불렀으나 시장의 소란
스러움에 금세 묻혀 버리고 말았다. 그녀와 나의 시선은 엇갈
렸다.

무슨 생각에서인지 아델라는 시장 안쪽으로 더 들어가고 있었
다. 눈앞이 캄캄했다. 이곳을 벗어나면 더욱 찾기 힘들 것이었다.

당장이라도 내가 달려가든가, 아델라를 멈춰 세우든가 해야 했다. 하지만 아무것도 할 수 없었다. 지척에 있음에도 옴짝달싹할 수 없는 상황에 슬금슬금 오기가 올랐다.

'이대로 가만있을 수는 없어. 뭐라도 해야 해.'

아델라로부터 등을 돌렸다. 뒷길로 해서 시장 끝으로 갈 작정이었다. 이리저리 치이는 보통이를 잡고 있으니 손바닥이 아렸다. 사람들 틈에서 휘청거리지 않으려고 몸에 잔뜩 힘이 들어갔다. 그러니 걸을수록 힘에 부쳤다.

"꾸물거리면 안 돼. 놓치면 끝이라고!"

자신을 다그치듯 소리를 높였다. 빠른 걸음으로, 때로는 뛰면서 걸음을 재촉한 끝에 겨우겨우 뒷길로 접어들었다. 중심가보다 인적이 드물었으므로 더욱 속도를 낼 수 있었다. 그렇게 모퉁이를 돌아 다시 큰길로 들어서던 참이었다.

"아아악!"

누군가와 그만 세게 부딪혔고 그 바람에 뒤로 넘어졌다. 순간 숨이 턱 막혔고 한동안 일어날 수가 없었다. 그러는 사이 누군가 후다닥 일어나더니 곁을 스쳤다. 내 가슴팍 정도 되는 키의 여자아이였다. 무릎을 털어 가며 도망가듯 서두르고 있었다. 흘긋 돌아보는 모습이 볼품없었다. 머리는 헝클어진 채였는데 얼굴에는 버짐이 퍼졌는지 푸석했다. 몸은 꼬챙이처럼 삐쩍 마른 데다, 낡아서 터져 버릴 것 같은 짚신은 금방이라도 벗겨질 것처럼 헐거웠다.

"너, 아델라 때문에 산 줄 알아!"

보통 때 같으면 쫓아가 따끔히 혼내 주었겠지만, 지금은 그럴 겨를이 없었다. 한시가 급했다. 넘어지면서 놓친 보퉁이를 챙겼다.

'아델라는 어디쯤 있을까.'

필시 지체된 시간만큼 멀어졌을 것이다. 그렇다 해도 희망을 놓을 수는 없었다. 일단 가려던 방향으로 다시 발걸음을 떼었다. 하지만 고작 두어 걸음 내딛고는 그만 멈추었다.

"으으윽!"

발을 옮길 때마다 오른 발목에 찌르는 듯한 통증이 느껴졌다. 더 이상 앞으로 나아갈 수 없었다. 일단 책 보퉁이를 내려놓고 아픈 곳을 매만졌다. 그런데 이상한 느낌이 들었다. 가슴팍이 허전했다.

"헉!"

돈주머니가 보이지 않았다. 책방에서 받은 웃돈을 넣은 뒤 분명 단단히 여몄다. 그런데 감쪽같이 사라진 것이었다. 떨어진 것은 아닌지 주위를 두리번거렸다. 눈에 띌 만한 크기였지만 누런 흙바닥에는 아무것도 없었다.

어디서부터 잘못된 것일까. 넘어진 때부터 되짚어 보았다. 그러자 곧 답이 나왔다. 조금 전 부딪혔던 계집아이가 떠올랐고 심장이 벌떡거렸다. 몇 푼에 부풀어 올랐던 마음이 폭삭 무너졌다. 이제껏 참았던 눈물이 금방이라도 터질 것 같았다. 일부러 눈가에 힘을 주었다.

아델라나 돈주머니, 하나라도 찾아야 했다. 머뭇거릴수록 둘 다 놓칠 판이었다. 다시 일어나 불편한 오른 다리 대신 왼 다리에 힘을 실었다. 절뚝거리며 한 걸음, 두 걸음 내디뎠지만, 이내 픽 고꾸라졌다. 결국 주저앉은 채 한동안 멍하니 있었다.

"무슨 일이야? 왜 그러고 있는 거야?"

귀에 익은 목소리, 동수 오라버니였다. 길잡이를 할 때면 오라버니는 대게 짐꾼 노릇을 했다. 오늘처럼 양인에게 시내 구경을 시켜 줄 동안 오라버니는 약속된 곳에 짐을 내려놓곤 했다. 동수 오라버니는 바닥에 팽개쳐진 보퉁이들을 지게에 얹었다.

이젠 다 틀렸다 싶었지만 지푸라기라도 잡는 심정으로 동수 오라버니를 붙잡았다.

"근처에서 아델라 못 봤어?"

파르르 떨리는 말소리가 심상치 않았는지 다그치듯 목소리를 높였다.

"아델라를 왜 나한테 물어? 넌 꼴이 왜 이래?"

"아델라가 사라졌어. 돈주머니도 없어지고. 전부 다 엉망이 되어 버렸다고. 흐흐흑."

"뭐라고? 알아듣게 자세히 좀 말해 봐."

간신히 참았던 눈물이 터져 나왔다. 울면서 더듬더듬 말을 이었다. 아델라를 놓친 것부터 조금 전 계집아이의 일까지 모두 털어놓았다. 그러는 사이 정신이 차려졌다. 애지중지하는 돈을 잃었고 다리를 다쳤다. 아델라까지 놓쳤으니 소소하나마 하던 일거리까지 없어질지도 모를 일이었다. 아찔했다. 더 이상 잃지 않으려면 일어나야만 했다. 찌르는 듯 발목이 아팠지만 힘겹게 걸음을 내디뎠다. 어디서 찾았는지 동수 오라버니가 기다란 나무 막대기를 건넸다.

"괜찮겠어?"

"제중원으로 갈게. 아델라가 거기로 갔을지도 몰라. 오라버니는 계집아이를 찾아 줘. 여덟아홉 정도 된 것 같아. 꼬질꼬질한 모습이 왈패일지도 모르겠어. 얼굴엔 버짐이 희끗희끗하고 삐쩍 말랐어."

그러고는 절뚝거리며 걸음을 재촉했다. 그것밖에 수가 없었다.

악연일지 인연일지

제중원 앞에 다다랐을 때 해는 이미 저문 뒤였다. 누군가를 기다리기라도 하듯 대문은 살짝 열려 있었다. 문고리를 잡았는데 쉬이 밀 수 없었다. 손이 바들바들 떨렸다.

'아델라가 없으면 어떡하지.'

자꾸만 안 좋은 생각이 들어 식은땀이 흘렀다. 그렇다고 피할 수도 없는 노릇이었다. 눈을 질끈 감은 채 대문을 밀었다.

끼이익 하는 소리에 마음이 서늘해졌다. 스크랜튼과 막 씨 아저씨가 기다렸다는 듯이 달려 나왔다. 마당을 서성이던 것처럼 보였다.

"Why are you late? Where is Adella?"

"그, 그게……. I lost her."

늦은 까닭을 영어로는 상세히 설명할 수 없었다. 단지 그녀를 잃어버렸다는 사실만을 전했다. 걱정과 두려움에 목소리가 점점 줄어들었다. 다리에 힘이 빠져 그대로 주저앉고 말았다.

"I'm sorry, sorry."

만약 이곳이 양반가이고, 내가 여전히 노비였다면 당장이라도 매질이 내려질 것이었다. 거슬거슬한 목구멍으로 마른침이 넘어갔다.

이런 내 마음을 알았을까. 스크랜튼은 아무 말이 없었다. 다만 막 씨 아저씨에게 마실 물을 부탁했다. 그러고는 나를 일으켜 툇마루에 앉혔다.

하얀 사발에 담긴 물을 보니 비로소 갈증이 몰려왔다. 종일 버둥거리며 돌아다닌 데다 긴장한 탓이었다. 꿀꺽꿀꺽 목구멍으로 넘어간 물이 바싹 말라 있던 마음을 적셨다. 그제야 숨이 좀 쉬어졌으나 여전히 불안했다.

학당에 들어온 후로 여러 번 실수했지만 소소한 것들이었다. 그런데 오늘 일은 어떤 것보다 컸다. 얄팍하나마 그간 쌓아 올린 믿음을 잃어버릴지도 모를 일이었다.

무엇보다 아델라가 아직 돌아오지 않았다. 그녀에게 안 좋은 일이라도 벌어진 거라면, 그래서 여태껏 돌아오지 않는 거라면……. 고개를 떨궜다.

"Did you hurt your leg?"

스크랜튼이 걱정스럽게 물었으나 내게는 그게 문제가 아니었다. 한시라도 빨리 다시 나서야 했다.

"I'll go, find her. 해코지라도 당한 거면……."

아델라를 찾으려고 나서는데 막 씨 아저씨가 막아섰다.

"그 다리로 어딜 가겠다고, 내가 나가 보겠구먼."

어둑해진 하늘을 보니 더더욱 가만히 있을 수 없었다. 염려가 더 커졌기 때문이다. 왔던 길을 되돌아가 볼 생각에 대문으로 향했다.

내 절박함을 느낀 걸까. 스크랜튼이 뒤따라오더니 말없이 팔을 내어 주었다. 고마움과 불안함이 섞인 감정이 울컥 올라왔다. 그녀에게 몸과 마음을 의지한 채 대문을 막 나서던 때였다. 저편에 동수 오라버니가 언덕을 올라오고 있었다. 그 뒤로 아델라가 보였다. 비로소 답답했던 마음에 숨통이 트였다.

"Everything is all right. It's ok."

스크랜튼이 내 어깨를 토닥였다. 나를 안심시키고는 아델라 쪽으로 향했다.

"Adella! Long time no see. What happened?"

한참 동안 선 채로 둘은 이야기를 나누었다. 양인 둘이 하는 잉글리시는 빠르기가 바람 같아서 도통 알아듣기 힘들었다. 그들의 말소리를 흘려보내면서 아델라를 보았다. 그녀는 다소 지쳐 보였으나 몸이 상한 곳은 없는 듯했다. 난 가슴을 쓸었다. 절뚝거리며 다가가는 나를 본 아델라의 눈이 커졌다. 당황한 건 나만이 아닐 것이었다.

"Oh my lord!"

"I'm sorry. Where are you⋯⋯ you disappeared⋯⋯."

미안하다고, 당신을 놓쳐 버렸다고 말하는 목소리가 떨렸다. 그런 내게 그녀 역시 이런저런 말을 마구 하는데 시장에서의 일을 설명하는 것처럼 보였다. lost, sorry, paper 같은 말이 드문드문 들렸다. 종이 뭉치를 쥐고 있는 것을 보니 지전에 들렀던 것처럼 보였다. 그곳은 시장 초입에 있기에 애초에 생각도 하지 않은 곳이었다. 답답함과 안도감이 섞인 한숨이 나왔다.

동수 오라버니가 지게를 진 채 성큼성큼 다가왔다.

"다행히 청계천을 넘어가진 않았더라. 찾는 데 오래 걸리지 않았어. 그런데 보따리를 도둑맞았더라고."

보따리? 도둑? 산 넘어 산이라더니 그것마저 내 탓인 것 같았다. 아연실색해 있는데 오라버니가 아델라의 손을 가리켰다. 금색 손잡이가 붙어 있는 달님처럼 둥그런 보따리였다.

"다행히 되찾았어."

오라버니의 말이 쉽사리 이해되지 않았다. 도둑맞은 것을 어떻게 찾았단 말인가. 그런데 오라버니 뒤편에 허름한 차림의 여자아이가 눈에 띄었다. 눈이 마주쳤는데 어딘가 낯익은 모습이었다. 순간 무릎을 쳤다. 절뚝거리며 황급히 다가가 아이의 어깨를 거세게 움켜쥐었다.

"아델라 것도 훔쳤어? 내 돈주머니는 어디 있어?"

계집아이는 다짜고짜 달려든 내게서 벗어나려고 발버둥 쳤다. 하지만 어림없었다. 그럴수록 난 더 힘을 쥐어짰다. 손을 바꿔 이번에는 머리채를 잡았다. 그 바람에 계집아이가 뒤로 넘어졌고 으앙 울음을 터뜨렸다. 그런다고 멈출 수 없었다. 무엇보다 돈주머니를 찾아야 했다. 발라당 누워 버린 아이의 몸을 더듬었다. 그런데 없었다. 내 마음을 푼푼하게 했던 묵직한 돈주머니는 어디에도 보이지 않았다.

난 씩씩거렸고 계집아이는 보란 듯 더 크게 울었다. 더 이상은 안 되겠는지 스크랜튼이 내 팔을 잡았다. 아델라는 계집아이를 달랬다. 그럴수록 난 약이 올랐다.

"뭘 잘했다고 울어? 그게 어떤 돈인 줄 알아?"

"늦단이가 가져간 게 확실해?"

동수 오라버니의 말에 난 눈을 부릅떴다. 그러고 보니 스크랜튼도 아델라도 어느새 늦단이라는 계집아이를 감싸고 있었다. 분하고 서러웠다. 난 눈썰미가 있어 한 번 본 것은 기억하는 편이다. 골목에서 넘어졌을 때, 황급히 달아나던 아이의 눈빛을 동수 오라버니가 봤다면 내게 이럴 수는 없을 것이었다.

"틀림없어. 분명 어딘가에 감췄을 거라고."

"어떡하니, 앞으로 너랑 지내게 될 거 같은데. 누구를 찾는지 시종일관 두리번거리더라. 딱히 갈 곳이 있어 보이진 않고. 시장 왈패 무리랑 지내는 건가 싶기도 하고……."

난 아무 말도 하지 않고 계집아이를 노려봤다. 도둑맞은 보따리를 찾았는데도 이곳까지 데려온 이유가 쉽게 짐작 갔다. 갈 곳 없는 아이에게 내미는 도움의 손길이자 학당의 학생으로 받으려는 까닭일 것이다. 그도 그럴 것이 양인이 가르치는 학당에서 학생을 모으기는 꽤나 힘들기 때문이다. 아델라가 데려온 아이를 내가 내칠 수는 없었다.

"늦단이라고 했지? 너, 내 옆에 딱 붙어 있어. 훔친 돈은 일하면서 갚아!"

"진짜 안 훔쳤다니까! 뒤져 보라고!"

늦단이가 억울한 표정으로 가슴을 들이밀었다. 당당한 태도가 어처구니없었다. 괘씸하여 잔뜩 눈에 힘주어 노려보니 슬금슬금 아델라 뒤로 숨어 버리는 것이 아닌가. 고개만 빠끔 내밀고는 혓바닥을 날름 내미는 모습이 기막힐 노릇이었다.

한바탕 소란을 치른 후 학당으로 돌아왔다. 어디에서 무슨 일이 있었냐는 듯 학당은 고요했다. 들썩였던 하루에 셋 다 고단할 터였다. 연신 하품을 해대는 늦단이에게 스크랜튼이 손짓하며 무어라 말했다. 늦단이는 울 것 같은 얼굴로 나를 쳐다봤다. 어딘가 낯익은 표정이었다.

삼 년 전, 김 대감 댁을 나오던 날 내 모습이 생각났다. 어머니는 봇짐을 건네며 똑똑히 말했다.

"이곳에 다시 올 생각일랑 말아라. 김 대감이 널 불러들일 수도 있어. 못할 것이 없는 분이야. 네가 이렇게 떠날 줄 알았다면 머물 곳이라도 알아봤을 텐데, 갈 곳이 없어서 어쩌면 좋을지 모르겠구나."

"……."

무슨 말이라도 하고 싶었으나 어떤 말도 할 수 없었다. 눈물이 뚝뚝 흘렀다. 입술이 붙어 버린 듯 떨어지지 않았다. 물끄러미 쳐다보던 어머니는 나를 돌려세웠다.

"사람 많은 곳으로 가렴. 누구와도 연이 닿지 않겠니. 내가 그립거든 아비의 죽음을 생각해. 네가 어떻게 면천이 되었는지……. 언젠가 다시 보겠지. 그때까지 어떻게든 살아내야 한다."

다그치는 것 같기도, 다독이는 것 같기도 했다. 이러나저러나 서글프긴 마찬가지였다. 어머니는 내게 앞으로 나아가라고 했지만 한 발자국도 내딛지 못했다. 등 뒤로 어머니의 기척이 느껴졌다. 뒤미처 드르륵 하며 대문을 걸어 잠그는 소리가 들렸다. 가슴이 쿵 내려앉았다. 길 잃은 아이처럼 엉엉 울며 한참을 오도카니 있었다. 결국엔 떠나야만 한다는 것은 알고 있었다. 손에 든 봇짐은 단출했으나 걸음은 느릿했다. 오롯이 혼자라는 것에 대한 두려움의 무게 때문이었다.

담을 따라 걸으니 큰길이 나왔다. 어디로 가야 할지 알지 못했으나 걷기를 멈추지 않았다. 가능한 한 멀리, 사람이 많은 곳으로 가야겠다는 생각만 들었다. 그렇게 정처 없이 걸었다. 문득, 왁자지껄한 소리에 정신을 차리고 보니 오래전 어머니와 함께 걸음했던 칠패 시장이었다.

길 복판에는 지게꾼들의 지게가 줄지어 세워져 있었다. 지게 가득 짚신이 주렁주렁 달려 있기도 했고, 옹기가 차곡차곡 쌓여 있기도 했다. 좌판에는 여인이라면 눈길을 줄 만한 손거울이나 얼레빗, 노리개가 가지런했다. 돗자리와 모자를 늘어놓는 이도, 놋그릇에 광을 내는 이도 있었다. 그런데 어느 것 하나에도 관심이 가지 않았다. 눈에 보이는 것보다는 코를 간지럽히는 냄새에 이끌렸다. 허기 때문이었다. 어이없게도 국밥집 앞에 이르러서야 걸음을 멈추었고 피식 헛웃음이 나왔다.

쉽사리 들어가지 못하고 있는데 주모가 손짓하며 잡아끌었다. 위아래를 쓰윽 보더니 나긋나긋한 목소리로 알은체했다.

"보아하니 혼자 같은데, 먼 길 떠나우? 속이라도 든든히 하소."

누가 보기에도 떠도는 이처럼 보이는 것일까 잠깐 생각했다.

그러다 얼떨결에 자리 잡고 앉아 모락모락 김이 오르는 국밥 한 그릇을 맞았다. 허한 마음을 채우기라도 하려는 듯 급하게 숟가락을 떴다. 더운 날씨였으나 스산한 마음 때문인지 꿀꺽꿀꺽 잘도 넘어갔다.

손님들에게 농을 건네던 주모가 흘긋거리더니 말을 붙였다.

"갈 곳이 없소? 마침 방이 났는데 내줄까 해서……."

참견하기를 좋아하는 성미인 듯했다. 그럴지라도 붙들고 싶었다. 정처가 없으니 막막했고 두려웠다. 처음엔 하루만 묵으려고 했으나 하루가 이틀이 되고 이틀이 사흘이 되었다. 날이 길어질수록 떠날 마음을 먹지 못했다.

"돈이 없으면 일을 하던가. 이렇게 밥만 축낼 셈이야?"

처음에는 웃음기 돌던 주모의 목소리가 어느새 카랑카랑해져 있었다. 별수 없었다. 그릇을 닦고 음식을 나르고 허드렛일을 했다. 주모는 일손이 필요 없는데도 나를 거두어 주는 거라며 생색을 냈다. 짬이 날 때 남은 음식을 먹고, 주모 옆에서 웅크리고 잠을 잤다.

그렇게 두 해가 지났다. 하루는 국밥 네댓 그릇을 한 번에 나르다 발을 헛디뎠다. 그 바람에 와장창 뚝배기가 깨졌고 앉아 있던 사내들에게 뜨거운 국밥을 끼얹고 말았다. 그들 중 한 명이 번쩍 손을 쳐들었다. 곧이어 찰싹 소리와 함께 눈앞에 별이 번쩍했다. 소동에 놀라 달려 나온 주모는 나를 지나쳐 사내들에게 사정사 정했다.

땅바닥을 짚은 손이 아렸다. 하필이면 조각난 뚝배기를 누른 채였다. 피가 배어 나왔다.

"괜찮아? 일단 안으로 들어가는 게 좋겠어."

주막에 땔감을 가져다주는 동수 오라버니였다.

부축을 받으며 바로 서기도 전이었다. 가슴팍에 날아오는 봇짐에 다시 주저앉고 말았다.

"당장 나가! 사근사근하기를 해, 일을 잘하기를 해. 짐밖에 안 되잖아!"

그동안 주모가 벼르고 있다는 것은 어렴풋이 눈치채고 있었다. 이런 날을 기다렸다는 듯이 잽싸게 행동하는 것이 약삭빠른 여우 같았다.

또다시 혼자가 되었다. 어머니의 말대로 어떻게든 살아내려 했으나 쉬운 일이 아니었다. 혈혈단신인 내게 세상은 버거웠다. 들은 것 없는 가벼운 봇짐을 들고 있으니 그저 막막할 뿐이었다.

"정동에 여학당이 있어. 몇 번 나무를 대주러 갔는데 그곳에서 지내면 어떨까 싶어. 좀 많이 낯설기는 할 거야."

망설일 이유가 없었다. 도성 내 어느 곳이든 낯설지 않을 리가 없었다. 그렇게 학당에 가게 되었다.

처음 스크랜튼을 만났을 때 난 숨이 멎을 것 같았다. 낯설 것이라는 동수 오라버니의 말뜻을 그제야 알았다. 산속에서 호랑이를 만난다면 이런 느낌일까 싶었다. 생김새가 그야말로 세상천지에 본 적 없는 도깨비였다. 입에서 나오는 알 수 없는 말은 요상하기 짝이 없었다. 분명히 여러 면에서 학당은 주막보다 낯설었다. 그런데 자꾸만 마음이 갔다. 잇속을 차리며 눈을 번득이는 주모와 달리 스크랜튼은 늘상 웃는 얼굴로 대해 주었기 때문일까. 무슨 말인지 알아듣지 못하는 경우가 다반사였지만 불편할망정 마음은 편했다.

다행인지 불행인지 스크랜튼과 나 단 둘뿐이었기에 익숙해지는 것밖에 방도가 없었다. 그것이 살길이었다. 학당은 내가 갈 수 있는 가장 막다른 곳이었으니 어떻게 해서든 살아내고 싶었다. 그래서일까, 낯섦에 대한 두려움은 오래가지 않았다.

그날 이후 스크랜튼에게 잉글리시를 배웠다. 스크랜튼의 말과 우리말을 하나씩 맞춰 나가며 익혔다. 아침에 마주치면 하는 말 굿모닝은 안녕하십니까, 브랙퍼스트는 아침밥, 재채기를 할 때면 갓블레스유, 좋으면 굿, 아주 좋으면 베리굿, 잘 때는 굿나잇 등 부지런히 익혔다. 그러면서 제법 말을 주고받을 수 있게 되었다.

무엇보다 주막이며 방앗간이며 드나드는 동수 오라버니 덕분에 어머니 소식도 접했다. 김 대감 댁을 나온 지 삼 년이 다 되어 갈 무렵에야 그리던 어머니와 만났다.

그간의 일을 떠올리자 새삼 마음이 뭉클했다. 처음 내가 그랬던 것처럼 늦단이에게 이곳이 얼마나 낯설지 짐작이 되었다. 불퉁스러운 마음을 누르고, 손짓으로 묵을 방을 가리켰다.

"저곳이야. 들어가 있어."

말이 끝나자마자 늦단이는 종종걸음쳤다.

"She just looks like you."

스크랜튼의 말에 질색했다. 내가 늦단이를 좋아한다니, 이건 또 무슨 말인가.

"No, I don't like her. Never."

기겁하며 그렇지 않다고 하는데 스크랜튼이 소리 내어 웃었다. 그런 모습에 무언가 잘못 이해했음을 눈치챘다. 제대로 말이 통하지 않을 때의 어색함과 우스꽝스러움을 수없이 겪었으니까.

스크랜튼은 주위를 두리번거리더니 돌멩이 두 개를 들었다.

"She and you, similar, same, like."

가만히 보던 나는 무릎을 쳤다. like. 지난번에 익혔던 말이다. 그새 잊은 것이 부끄러웠다.

"Yes, I understand. We are similar, same."

스크랜튼 역시 늦단이를 보며 나와 같은 생각을 했던 것 같다.

방문을 열었을 때 늦단이는 방 한가운데에 덩그러니 누워 있었다. 조금 전 곤란한 표정을 짓던 아이가 아니었다.

"이불도 안 펴고 뭐 하고 있어?"

"나 안 훔쳤어."

대뜸 하는 말이 뜬금없었다. 무 자르듯 말하는 모양새에 헛웃음이 나왔다. 어이가 없어 저절로 눈이 홉떠졌다.

"아델라 보따리도 훔쳤다며. 어디서 도둑질이나 배워서는!"

"아니라니까!"

갑자기 악을 쓰는 늦단이가 괘씸해 머리를 쥐어박았다.

"아악! 왜 때려? 왜 때리는데! 흐으엉, 엄마아!"

"네가 훔친 게 아니라면 내 손에 장을 지진다. 꼭 돈주머니 찾아낼 거야. 먹여 주고 재워 주는 곳이니 부지런히 돈값 해. 그렇지 않으면 쫓겨날 줄 알아!"

　모진 말을 뱉은 뒤 방 밖으로 나왔다. 툇마루에 앉아 밤하늘을 바라보았다. 내키는 대로 성을 냈지만, 분이 풀리기는커녕 오히려 찜찜했다. 늦단이의 입에서 나온 '엄마'라는 말 때문이었다. 혼자 계신 어머니를 떠올리면 늘 마음 한편이 쓰렸다.

　노비인 어머니는 자유롭지 않았다. 어머니를 위해 내가 할 수 있는 것은 없었다. 양인이 된 내가 잘 살아내는 것, 내 밥벌이를 하는 것. 어머니는 그것이면 된다고 했다. 잘 살아내는 게 무언지 모르지만, 그 대신 밥벌이는 근근이 하고 있었다. 그것으로 얼마간의 돈을 모아 어머니에게 드리는 것이 유일한 기쁨이었다.

　여름밤, 풀벌레 소리와 밤하늘의 별빛이 위로하듯 퍼지고 있었다.

서찰의 기억

물기를 털어 널어놓은 하얀 광목이 바람에 살랑거렸다. 툭툭 근처 흙바닥에 돌멩이가 튀었다. 빨래 바구니를 챙기던 나는 미간을 찌푸렸다. 행여 흙먼지라도 묻을까 싶어서였다.

주위를 두리번거리니 너울거리는 광목 사이로 늦단이가 보였다. 등을 돌린 채 쭈그리고 앉아 있는데, 무언가 꾸물거리는가 싶더니 어깨 뒤로 휙휙 돌멩이를 던지는 것이었다. 그러기를 두세 차례, 난 참지 못하고 버럭 소리를 질렀다.

"늦단이 너, 뭐 하는 거야?"

털퍼덕, 내 말이 갑작스러웠는지 그대로 주저앉았다. 그 모습이 우스워 키득거렸다.

"유리 창문은 닦았어? 대청마루는 훔쳤고?"

늦단이는 말이 끝나기가 무섭게 꽁무니를 뺐다. 안채 앞 섬돌 위에 올라서서 보란 듯 소리쳤다.

"지금 하려고 그랬거든!"

그러더니 학당 안으로 쏙 들어가 버렸다.

스크랜튼은 내게 늦단이의 글공부를 부탁했다. 내키지 않았으나 거절할 수 없는 노릇이었다. 그런데 가만 보니 글공부가 문제가 아니었다. 늦단이가 온 뒤로 학당이 조용할 날이 없었기 때문이다. 툭하면 아궁이의 불씨를 꺼뜨렸고 그릇을 깼다. 새하얀 빨래 더미를 들고 가다 엎어 버리는 일도 예사였다. 일손이 늘었는데도 오히려 일거리는 늘어난 느낌이었다. 그런 모습에 갈수록 기가 찼다. 이렇게 부산스러우니 언문이라고 하면 내빼기 바빴다.

"ㄱ은 낫 모양이야. 여기에 작대기를 그으면 ㅋ이 되는 거야. 알겠어?"

머리를 맞대고 앉아 열심히 설명해 주면 처음에는 알아듣는가 싶다가도 돌아서면 말짱 도루묵이었다. 그보다는 연필이 신기한지 종이 귀퉁이를 까맣게 만들거나 꽃이며 나비며 그림을 그려 댔다. 귀한 것으로 쓸데없는 짓을 한다고 나무라면 번번이 토라졌다.

자모 자를 알려 준 지가 한참이었다. 여태 헤매는 모양새로 보아 '늦단'이라는 제 이름 두 자를 익히려면 꽤 오래 걸릴 것이다.

"며칠 뒤에 시장에 갈 거야. 그때까지 네 이름 정도는 쓸 줄 알아야 해."

'시장'이라는 말에 마루를 닦던 늦단이가 고개를 번쩍 들었다. 얼굴이 환한 것이 간만의 외출에 잔뜩 기대를 품은 모양이었다.

내가 이곳에 온 뒤로 스크랜튼과 나는 종종 장터에 갔다. 물건을 사러 간 것이 아니라 학당의 학생을 모으기 위해서였다. 처음에는 멋모르고 따라다녔는데 곧 그러한 사실을 알아챌 수 있었다.

이웃해 있는 남학당은 아침만 되면 사람들로 북적거렸다. 그들 중 일부는 가마를 타고 오기도 했고, 시중을 들어 줄 노비 몇몇을 대동하기도 했다. 한동안 "이리 오너라."라는 소리가 연이어 들리기도 했다. 학생이 모두 양반이기 때문이었다. 반면 우리 학당은 학생이라고는 한 명, 노비였던 내가 전부였다. 남학당과 견주어 보면 한적하기 그지없었다.

스크랜튼이 학생을 구하러 처음부터 시장에 간 것은 아니었다. 소개를 받아 중인의 집이나 양반가를 드나들었는데 나도 여러 번 길잡이로 동행했다. 하지만 그때마다 번번이 쓴소리를 들었다. 간혹 잉글리시나 서양의 학문에 솔깃해하며 귀 기울이는 이도 있었지만 그때뿐이었다. 기별을 준다고 했지만, 그 뒤로 감감무소식이었다. 한 번은 쓰개치마를 두른 부인이 잉글리시를 배우겠다며 찾아왔다. 하지만 그조차 고작 두세 번에 그치고 말았다.

"아무래도 잦은 외출은 어렵겠소. 보는 눈이 많아서."

"체면이 있지, 그런 건 배워서 뭣하오?"

"필요 없소. 곧 혼인할 몸이오."

여러 양반은 이렇게 말했다. 말하자면, 모두 거절이었다. 결국 스크랜튼은 체면치레에서 자유로운 이들, 곧 평민들에게로 눈길을 돌렸다.

처음 시장에 가자고 했을 때 나도 늦단이처럼 좋아했다. 하지만 서너 번 겪어 보니 그것이 고된 일이라는 것을 알았다. 이후로는 먼저 가자고 한 적은 한 번도 없었다. 얼마 전 늦단이도 데리고 가자며 말을 꺼낸 것도 스크랜튼이었다.

이런저런 생각에 잠겨 있는데 누군가 대문을 두드려 댔다. 후다닥 달려 나간 늦단이가 누군가에게서 서찰을 건네받았다. 그런데 '북촌 김 대감'이라는 말소리가 귀에 박혔다. 분명 그랬다. 늦단이가 서찰을 보며 중얼거렸다.

"이건 기역, 이것도 기역. 언니, 이건 뭐더라?"

신경이 곤두선 나머지 빼앗듯 서찰을 낚아챘다. 늦단이가 뭐라고 투덜대는 듯했으나 들리지 않았다. 눈동자가 빠르게 서찰의 겉면을 살폈다. 과연 헛들은 것이 아니었다. 동시에 가슴이 두방망이질 쳤다. 불안감에 다리에 힘이 풀렸다.

'설마 나 때문에? 아니면 어머니에게 무슨 일이 생긴 걸까? 면천한 것을 물린다는 건 아니겠지? 아닐 거야. 내가 여기 있는 줄도 모를 텐데……. 그런데 그게 아니면 김 대감이 서찰을 보낼 일이 뭐가 있겠어?'

오만 가지 생각이 머릿속에서 아우성쳤다. 스크랜튼 앞으로 온 서찰이니 먼저 열어 볼 수도 없었다. 넋 나간 이처럼 초점 없는 눈으로 늦단이를 보았다.

"스크랜튼은? 어디 있어?"

"아까 기도한다고 나갔잖아."

교회로 가야 했다. 서찰을 쥔 손이 바들거렸다. 서둘러 학당을 나섰다. 늦단이가 뒤에서 뭐라고 하며 불렀으나 돌아보지 못했다. 어서 스크랜튼을 찾아야 한다는 생각만 들었다. 학당 앞 언덕을 내리뛰었다.

교회에 다다를 즈음 몇몇 낯익은 이들과 함께 있는 스크랜튼이 보였다. 나를 보고 반갑게 손을 흔들었다. 마음이 급해 가쁜 숨을 고르지도 못한 채 그녀에게 불쑥 서찰을 내밀었다.

"Letter to you. Read it please."

"Byeori, what happened? You ok? And what's this?"

스크랜튼은 서찰을 열어 볼 생각도 않는 듯했다. 걱정스러운 얼굴로 연신 내 등을 쓸어 주었다. 그럴수록 초조함은 커져만 갔다. 불현듯 서찰이 잉글리시로 쓰였을 리 없다는 생각이 들었다.

"I'll read it for you."

그녀가 고개를 끄덕였고 난 떨리는 손으로 서찰을 펼쳤다.

북촌 김 대감이오.

그곳에서 잉글리시를 가르친다고 들었소.

내 여식이 배우고자 하니 하루빨리 걸음해 주시오.

휴. 긴장이 풀리면서 안도의 한숨이 나왔다. 김 대감은 나를 찾는 것이 아니었다. 그러니 내가 다시 그 집으로 들어갈 일은 없을 것이었다.

걱정했던 일은 아니었으나 한편 의문이 들었다. 완고한 김 대감이 아기씨에게 잉글리시를 배우게 한다니 어딘가 석연치 않았다. 더군다나 빨리 오라는 것을 보아 꽤 급해 보였다.

아무 말 없이 생각에 잠겨 있으니 스크랜튼이 내 팔을 꼭 잡았다. 그제야 정신이 들었다. 그녀 역시 서찰의 내용이 궁금했을 것이다. 정신을 가다듬고 그대로 전했다. 가만히 듣고 있던 스크랜튼이 내 어깨를 와락 감쌌다.

"We have a new student."

스크랜튼의 얼굴에 기쁜 기색이 역력했다. 반면에 난 줄곧 굳은 표정이었다. 지난날에 대한 생각에 빠졌기 때문이다. 이런 사정을 모르는 스크랜튼이 이번에는 내 손을 꼭 잡았다.

"Let's go tomorrow!"

그곳이 김 대감 댁만 아니라면 당장이라도 답할 수 있는 물음이었다. 난 그저 어색한 웃음만 지었다. 잊고 싶은 기억이 하나하나 떠올랐다.

북촌에서 김 대감을 모르는 이는 없었다. 덕망이 높거나 인품이 훌륭해서라기보다 그저 오랜 세월 자리한 덕분이었다. 김 대감은 자신의 이득을 위해서라면 부정한 행동도 거리끼지 않았다. 인자함이란 없었고 누구에게나 인색했으며 탐욕스러웠다.

몇 해 전, 세력 다툼에서 밀린 김 대감은 귀양 위기에 처했으나 불행 중 다행으로 태형을 받았다. 하지만 명색이 대감인지라 태형은 그의 노비가 대신하게 되었다.

그 노비는 나의 아버지였다. 아버지는 수십 대의 물볼기를 맞고 장독이 올라 생을 마쳤다. 더욱 기막힌 건 김 대감의 태도였다. 그는 노비의 죽음에 대해 재산을 잃었다고 여길 뿐이었다. 하루아침에 남편을 잃은 어머니에게 어떤 위로의 말도 하지 않았다. 아버지의 죽음에 애달파하는 사람은 어머니와 나뿐이었다.

그런 김 대감 댁에 가야 한다니. 학당의 학생이 생겼다 한들 마냥 기뻐할 수 없었다. 오히려 생각이 많아졌다.

"Of course, I'll pay."

대답 없는 내게 스크랜튼이 농담처럼 말했다.

언젠가는 김 대감을 만날지도 모른다고 생각했다. 하지만 생각보다 빨랐다. 초조함에 손톱을 잘근거리며 그곳에 가야 할 이유를 찾았다.

'돈, 돈만 생각하자.'

여러 번 되뇌었다. 돈주머니도 잃어버린 터에 그편이 마음이 편했다. 더군다나 한두 번 가고 끝날 것이 아니니 잘만 한다면 제법 돈맛을 볼 수 있을 것이었다. 무엇보다 아델라를 놓쳤던 지난번 실수를 만회할 기회이기도 했다. 그렇게 생각하니 겨우 입이 떨어졌다.

"Of course I will. Thank you."

그런데도 김 대감 댁에 발걸음할 것을 생각하면 여전히 마음이 조여 왔다. 스크랜튼은 달뜬 목소리로 새로 맞을 학생에 대해 말을 늘어놓았다. 정신을 모아 들으려 했으나 잘되지 않았다. 소리는 귓가에 닿기도 전에 산산이 흩어지기 일쑤였다.

출세라니

날이 밝았다. 밤새 잠을 설쳐 몸이 찌뿌둥했다. 아무렇지 않은 척 마당을 이 끝에서 저 끝까지 왔다 갔다 했다. 그러면서 낮은 목소리로 혼잣말했다.

"돈이 되는 일이야. 나는 길잡이일 뿐, 몇 마디 통변만 하면 돼."

주먹을 쥐었다 폈다 하고 손가락을 꼼지락거렸다. 그런데도 좀처럼 긴장이 풀리지 않았다. 한껏 신경이 날카로워져 있는데 늦단이가 알짱거렸다.

"나도 갈래, 나만 빼놓다니 너무해."

"놀러 가는 거 아니라고 몇 번을 말해? 그나저나 언문은 다 익혔어?"

늦단이가 시선을 피하며 우물거렸다.

"그거 안 하면 시장 못 갈 줄 알아!"

엄포를 놓았는데도 소용없었다. 목소리만 줄일 뿐 계속 구시렁거렸다. 그러다 채비를 마친 스크랜튼을 보고는 득달같이 달려갔다. 응석을 부리며 볼멘소리를 하는 듯했으나 통하지 않았다.

새로운 학생을 만난다는 기대감 때문일까. 오늘따라 스크랜튼의 금빛 곱슬머리가 햇빛에 반짝거렸다. 위아래가 붙은 격자무늬 치마는 기품 있고 단아해 보였다.

"You look good."

내 말에 스크랜튼이 수줍게 웃으며 가마에 올랐다.

"북촌 김 대감 댁으로 가요."

"일전에도 한 번 걸음 한 적이 있습지요. 염려 마십쇼. 비가 올 것 같으니 서두르겠습니다."

가마꾼 말대로 제비 두 마리가 땅에 닿을 듯 낮게 날고 있었다. 그러고 보니 하늘이 우중충했다.

선뜻 내키는 길은 아니었다. 하지만 돈을 벌고, 어머니를 볼 수 있다는 것이 큰 위로가 되었다. 김 대감 댁에서 나온 뒤로 어머니를 만난 것은 기껏해야 한두 번이었다. 그것도 방앗간에서 잠깐씩 보았을 뿐이었다.

한참을 걸었다. 여름 볕의 열기에 정수리가 뜨거워졌다. 스크랜튼도 가마 안이 답답한지 조그만 창문을 열었다 닫았다 했다.

막힘없이 쭉쭉 가던 가마가 멈춘 것은 광통교에 이르러서였다. 시장이 가까워서인지 오가는 사람들의 말소리로 주위가 시끌벅적했다. 점포의 여리꾼은 생생한 목소리와 손짓으로 손님을 모았다. 묵직한 짐의 무게에도 지게꾼의 발소리는 힘찼다. 인파를 뚫기가 쉽지 않은데다 좁은 길에 가마 두세 채가 마주치니 시간이 꽤 지체되었다.

자주 다니는 길이라 붐빌 거라고 예상은 했다. 하지만 가마로 인한 정체는 미처 생각하지 못했다. 누구처럼 호위를 내세워 '물렀거라!'라고 소리칠 수도 없었다. 한동안 멈추어 있자 스크랜튼이 가마 창문으로 머리를 내밀었다. 난 손가락으로 꽉 막힌 곳을 가리키며 묻지도 않은 말을 했다.

"Because of many people, it's crowded."

짧은 말이었지만 스크랜튼은 곧잘 알아들었다.

몇 마디 하지도 않았는데 가마꾼이 신기하게 쳐다보았다. 그는 잉글리시가 궁금했는지 잔기침을 몇 번 하더니 슬쩍 물었다.

"뭐라고 한 거요? 외지인 말이 영 요상해서 말이오."

무슨 뜻인지 알 것 같았다. 잉글리시는 명나라 말이나 왜나라 말이랑은 소리의 느낌부터 달랐다. 늦단이는 이를 가리켜 흐리 멍덩하다고 했다. 한데 난 그런 점이 도리어 좋았다. 스크랜튼이 양인들과 긴 이야기를 나누는 소리는 마치 곡예사의 부드러운 줄타기 같다는 생각이 들었다. 그래서 말을 못 알아들을지라도 소리에 취해 가만히 귀 기울이는 적이 종종 있었다.

"어서 가야 할 텐데……."

오도 가도 못 한 채 시간이 흘렀다. 혼잣말에 가마꾼이 손을 저었다.

"이곳만 지나면 괜찮을 겁니다. 속도를 내 보죠. 잘 따라오십쇼."

마침 사람들이 지나간 틈을 가마꾼은 놓치지 않았다. 가마 머리를 들이밀고 조금씩 앞으로 갔다. 그의 말대로 인파를 뚫고 나니 비교적 다닐 만했다. 지체되었던 시간을 만회라도 하려는 듯 가마꾼은 부지런히 발을 놀렸다.

그때 오른편에 한 무리의 인파가 눈에 띄었다. 겹겹이 둘러싼 사람들의 중심에 전기수가 있었다. 창창한 목소리와 능청스러운 표정, 맛깔 나는 추임새가 시선을 사로잡았다. 그의 대단한 이야기 솜씨는 오가다 잠깐 들은 적이 있기에 익히 알고 있었다. 그런데도 난 그만 홀린 듯 무리 속으로 들어갔다. 그리고 한 걸음 한 걸음 앞으로 나갔다. 전기수의 이야기 때문이 아니라 관복을 입은 덥수룩한 수염의 조선인 때문이었다. 그의 옆에는 움푹 들어간 커다란 눈에 하얀 피부의 양인이 서 있었다.

전기수는 심청전을 이야기하고 있었다. 그의 말소리에 사람들은 용왕님께 제사라도 드리는 것처럼 숙연한 얼굴이었다. 긴장감에 주위가 조용한 가운데 들리는 또 다른 목소리는 관복을 입은 나리의 것이었다. 놀라운 것은 그의 입에서 나오는 말이 조선말이 아닌 잉글리시라는 점이었다. 전기수가 말을 마치면 그가 잉글리시로 옮겼다. 도성 복판에서 양인이 아닌 조선인의 잉글리시를 이토록 생생히 듣기는 처음이었다.

심청이가 인당수에 빠지기 직전, 전기수의 목소리는 구슬펐다. 이야기에 푹 빠진 여인들은 옷고름으로 눈물을 훔쳤다. 이런 와중에도 내 시선은 줄곧 나리와 양인을 향해 있었다. 나리가 하는 잉글리시는 얼마나 유창한지 말하기로 치면 전기수 못지않았다.

아니, 조선말과 잉글리시 둘 다 빼어나니 그보다 낫다고 할 만했다.

내 앞에 선 비쩍 마른 말라깽이 사내가 일행으로 보이는 작달막한 사내에게 말을 건넸다. 말라깽이 사내에게도 신기하게 보였던 것 같다. 그런데 뒤이은 그의 말에 눈이 휘둥그레졌다.

"저 역관 나리가 찹쌀떡 장수였다며? 요즘 세상엔 잉글리시가 최고라더군. 천민이 궁궐까지 드나들다니, 출세했네 그려."

찹쌀떡 장수라니? 천민이 버젓이 관복을 입는 것이 어찌 가능한 일이란 말인가. 보고 있으나 믿어지지 않았다.

"쉿, 조용히 하게나. 누가 들으면 어쩌려고 그래."

작달막한 사내가 말렸지만 소용없었다. 멈추기는커녕 입이 근질근질한지 주위를 둘러보고는 목소리를 낮추어 말을 계속했다.

"통변 솜씨가 보통이 아니라잖아. 지난번 양인들이 왔을 적에도 공을 세웠다고 하던데. 나라님께 포상도 받았다고 하고. 모르긴 몰라도 찹쌀떡 파는 것보다 수십 배는 벌었을걸? 이참에 우리도 그 뭐냐, 잉글리시를 배우는 건 어때?"

작달막한 사내는 머릿속으로 돈을 셈하는 듯 입맛을 다시더니 이내 진저리 쳤다.

"난 됐네. 도깨비 같은 양인도, 호랑이 같은 나라님도 싫어. 그러다 무슨 일을 당할지 어찌 알아? 자네도 입 함부로 놀리지 말고 조용히 좀 하게."

그의 당부가 끝나자마자 난 둘 사이에 머리를 들이밀었다.

"진짜예요? 저분이 정말 천민이라고요? 그런데 어떻게……?"

말라깽이 사내가 말 상대를 만난 듯 옳다구나 대꾸했다.

"제물포에서 외지인들 상대로 장사를 했다나 뭐라나. 잉글리시 좀 배웠겠지. 그게 아니라면 어림 반 푼어치도 없는 소리지. 암!"

"저렇게 차려입으니 근사하구먼. 하긴, 이젠 우리 같은 처지가 아니니 말이야."

작달막한 사내도 옳다구나 맞장구쳤다. 그런데 그때 머리가 희끗희끗한 여인이 짜증 섞인 목소리로 조용히 하라며 타박했다.

'찹쌀떡 장수가 잉글리시를 익혔다.'

'역관이 되어 출세했다.'

'돈방석에 앉았다.'

조금 전 들은, 믿어지지 않는 말을 입안에서 되뇌었다. 출세라니, 천민이었던 나에게는 언감생심이었다. 먹고 살기 위해 학당에 들어온 후 배움이든 일이든 그저 주어진 대로만 했다. 그런데

솔깃했다. 마음먹기에 따라 잘 먹고 잘살 수 있지 않을까 하는
희망이 생겼다. 지금껏 감히 상상조차 하지 않던 일이었다. 내 눈
으로 보고 들은 역관의 이야기가 마음에 소용돌이를 일으켜 가
슴이 두근거렸다.

　그때 어디선가 나를 부르는 소리가 들렸다.

'아차, 스크랜튼!'

　정신이 번쩍 들었다. 김 대감 댁에 가는 길이었는데 까맣게 잊
고 있었다. 소리가 나는 쪽을 보니 스크랜튼이 손을 흔들고 있었
다. 가마꾼이 내가 뒤처졌음을 알고 멈추어 선 모양이었다. 미안
한 마음에 치마를 움켜쥐고 뛰기 시작했다.

섬돌 위에서

　머리 위로 불어오는 바람이 물기를 머금은 듯 후텁지근했다. 오랜만에 마주한 솟을대문이 유난히 높게 느껴졌다. 의도치 않았음에도 문 앞에 다다르자 그간의 일이 떠올랐다.

　태풍이 휘몰아치듯 들이닥친 불행의 잔해는 처참했다. 수년 전, 아버지는 생을 마쳤다. 어머니가 계신 이곳은 아버지가 돌아가신 곳이기도 했다.

　아버지를 죽음으로 내몬 김 대감의 얼굴이 아른거려 가슴 한 구석이 뻐근했다. 김 대감은 선심 쓰듯 어머니에게 노비 문서를 내밀었다.

　"아비가 죽었으나 너무 슬퍼하지 마라. 나 대신 죽었으니 그리

헛되지는 않을 것이야. 하지만 목숨값은 쳐 주마. 너를 면천시켜 줄 테니 그만 이 집을 나가거라."

그 자리에 어머니와 나는 함께 있었다. 김 대감의 말을 듣고 있으면서도 무슨 뜻인지 쉽게 이해가 되지 않았다. 하지만 어머니는 달랐다. 기겁하며 머리가 땅에 닿도록 조아렸다. 잘못한 것도 없는데 싹싹 빌며 사정을 했다.

"아이고 대감마님, 아닙니다. 여기를 나가면 제가 갈 곳이 어디 있습니까. 저도 아비처럼 죽을 때까지 평생 마님을 모시게 해 주십시오."

어머니의 말에 슬쩍 올라가는 김 대감의 입꼬리는 야릇했다. 어머니는 고개를 들어 나를 한 번 쳐다보고는 다시 머리를 조아렸다.

"한 가지 청이 있습니다. 저 대신 이 아이를 면천시켜 주세요. 늙은 제가 아닌 벼리가 면천된다면 대감마님의 너그러운 처사에 사람들은 감복할 거예요. 그들 입에 오르내리며 두고두고 칭송 받으실 거예요."

김 대감의 숨소리가 거칠어졌다. 얼핏 본 얼굴은 일그러져 있었다.

"네가 목숨을 내놓았구나. 아비를 따르고 싶은 것이냐?"

어머니는 한 명만 면천된다면 자신이 아니라 나이기를 바랐다. 어머니의 눈은 눈물로 그렁그렁했다. 벌떡 일어나더니 서둘러 행랑채로 뛰어갔다. 세월의 때가 묻은 작은 함지를 들고 돌아왔다. 어머니는 무릎을 꿇고 김 대감 앞에 그것을 내밀었다.

"제가 가진 전부입니다. 부디 아량을 베풀어 주세요. 이 아이의 면천으로 천하디천한 아비의 죽음은 잊힐 거예요. 대신 대감마님의 고귀한 인품만 남을 것입니다."

당시에는 상황이 어찌 돌아가는 것인지 알지 못했다. 다만 쩔쩔매는 어머니와 노기를 띤 김 대감 사이에서 어찌할 바를 몰랐다. 만에 하나 어머니에게 해를 가할지도 모른다는 두려움 때문이었다.

어쨌거나 나는 아버지의 목숨값과 어머니의 희생으로 새 삶을 얻게 되었다. 기쁘다고 할 수 없는 상황을 떠올리면 가슴이 먹먹했다. 막막했던 그때의 기억을 떨쳐 내려고 힘껏 고개를 저었다.

문고리를 두드리자 대문 너머 짚신 발로 달려오는 소리가 들렸다. 보지 않아도 어머니의 발소리임을 단박에 알아차렸다. 나를 본 어머니의 눈이 휘둥그레졌다.

"미진 아기씨 때문에 왔어요."

어머니가 묻기도 전에 말했다. 가마에서 내리는 스크랜튼을 보더니 어머니는 말을 삼가는 듯했다. 난 아기씨가 있는 곳으로 앞장섰다. 보지 않아도 갈 수 있는 너무나 익숙한 곳이었다. 하지만 몇 걸음 떼지 않아 멈추어야만 했다.

"네가 여긴 어쩐 일이냐."

김 대감이 꼿꼿하게 선 채 대청마루에서 내려다보고 있었다. 의뭉스러운 눈빛을 피하려고 일부러 눈을 질끈 감았다. 그리고 깊숙이 허리를 숙였다.

"아기씨께서 잉글리시를 배운다고 하여 스승님을 모시고 왔습니다."

"어디로 갔나 했더니 학당에 있었던 거구나. 크흠, 크흠. 살기 어렵거든 언제든지 들어오너라."

언제든 들어오라니! 생각해 주는 듯했으나 속셈이 빤히 보이는 말이었다. 두어 번의 헛기침은 김 대감이 무언가 못마땅할 때마다 하는 버릇이었다. 어쩐지 불안했다. 선심 쓰듯 하는 말도, 김 대감의 기침 소리도, 흐린 하늘도.

내 마음을 알았는지 어머니가 어느새 다가와 슬쩍 손을 잡았다. 그립던 어머니의 손은 거칠었지만 온기가 느껴졌다.

　안채로 걸음을 옮겨 스크랜튼과 함께 미진 아기씨를 만났다. 홀긋 쳐다보는 모습에 반가움은 없었다. 냉기가 느껴질 정도로 쌀쌀맞았다. 어느 정도 예상했던 일이기에 난 서슴지 않고 말을 건넸다.

　"아기씨 그간 안녕하셨지요. 잉글리시를 가르쳐 주실 스승님이세요."

　"Nice to meet you. My name is Scranton."

　스크랜튼이 뒤이어 인사를 했다.

　아기씨가 얼굴빛을 바꾸며 멈칫거렸다.

　"저 귀신 같은 여인이…… 대체 뭐라는 거야?"

　"아기씨, 이분은 스크랜튼이라고 합니다. 만나서 반갑다고 말하셨어요."

　내가 통변하는 동안에도 미진 아기씨는 스크랜튼에게서 눈을 떼지 못했다. 그러더니 잔뜩 불평을 늘어놓았다.

　"아버지도 참, 잉글리시는 왜 배우라는 거지? 그리고 네가 저 도깨비와 나 사이에서 통변을 하겠다는 것이야? 허, 참!"

　"아기씨, 도깨비가 아니라 스크랜……."

미처 말을 마치기도 전이었다. 들을 필요도 없다는 듯 아기씨가 신경질적으로 말허리를 잘랐다.

"내가 네게 언문을 가르쳐 주지 않았더냐? 그런데 지금 네게 배워야 한다는 것이야? 기껏해야 노비인 네가 뭘 알까 싶구나."

"아녜요. 제가 어찌 감히 아기씨를 가르치겠어요. 통변만 할 뿐이에요."

"그게 그거 아니야? 뭣이 다르냐? 듣기 싫으니 어서 나가거라."

그러더니 기어이 돌아앉았다. 씁쓸했다. 면천된 지 몇 년이 지났지만 김 대감과 아기씨에게 난 여전히 노비였다. 그러니 허드렛일이 아닌 배움에 관여하는 것을 가당치 않게 여기는 것 같았다.

지켜보던 스크랜튼의 얼굴에서 당황하는 빛이 역력했다. 방금 전까지 기대감으로 설레던 모습은 자취를 감췄다. 당연한 일이었다. 그나마 그간의 경험에 비추어 상황을 파악하는 듯했다.

일을 키우고 싶지 않아 주춤거리며 뒷걸음질 치는데 스크랜튼이 내 팔을 잡았다. 그녀에게 자초지종을 알려야 했다.

"She hates me. I can't."

길게 말할 수 없었다. 고개를 저으며 손으로는 가위표를 만들어 보였다. 그런데 어쩐 일인지 스크랜튼의 눈빛이 단단했다. 잠깐 나를 쳐다보더니 갑자기 아기씨 앞으로 다가갔다. 손을 놀리며 열변조로 말을 쏟아냈으나 아기씨는 알아듣지 못했다.

"도대체 뭐라는 거냐? 한 마디도 빼놓지 말고 고해라."

순간 앞이 캄캄해졌다. 솔직히 스크랜튼의 말을 모두 알아듣지 못했기 때문이다. 막막한 심정으로 스크랜튼을 바라보았다. 의외로 그녀는 동요 없이 차분했다. 심지어 슬쩍 눈을 찡긋거리기까지 했다. 마치 내가 말하기를 독려하는 것 같았다. 할 수 있다고, 어떻게든 해 보라는 듯했다.

생각을 정리했다. 어차피 쫓겨날 거라면 뭐라도 해 보는 것이 나았다. 용기를 내어 한 발짝 아기씨 곁으로 다가갔다. 그리고 말문을 열었다.

"제, 제가 없으면 잉글리시를 가르칠 수 없다고요. 스크랜튼이랑 제가 아기씨를 돕겠다고 하셨어요. 저는 지금처럼 통변만 하겠습니다."

말을 마치자마자 아기씨가 코웃음 쳤다.

"흥, 너 따위에게 무슨! 잉글리시 그까짓 거 안 하면 그만이야, 나가! 나가라고!"

말끝에 덜컥 방문이 열렸다. 김 대감이었다.

"웬 소란이냐?"

애초에 소란은, 미진 아기씨에게서 비롯된 것이었다. 그런데도 서슬 퍼런 호통에 절로 어깨가 움츠러들었다. 문 사이로 얼핏 어머니의 구부정한 모습이 보였다. 아버지를 보내고 자식마저 잃을까 얼마나 노심초사하고 있을지……. 어머니를 생각해서라도 대차야만 했다. 얼굴에 드러났던 두려움을 감추고 차분히 김 대감을 마주했다.

"대감마님, 지금 통변해 줄 수 있는 이는 저뿐이에요. 잉글리시를 할 줄 아는 양반집 여식은 없어요."

더는 말하지 않았다. 잠깐 적막이 흘렀다. 먼저 말을 꺼낸 이는 미진 아기씨였다.

"아버지, 강진 오라버니가 누구 때문에 그렇게 되었는데요. 바로 벼리 때문이잖아요. 행랑채에 불이 났을 때 이 아이를 구하려다가 몸이 쇠해져서는……."

"강진이가 죽은 건 화재가 아니라 역병 때문이었어. 쓸데없이 정이 많고 오지랖이 넓었지. 그러니 물불 안 가리고 뛰어들었던 게야. 불구덩이에서 죽다 살아났는데도 역병으로 간 건 강진이

운명이고 팔자다."

회상에 잠긴 김 대감의 목소리가 매정했다.

"아버지!"

"미진아, 내게 너밖에 더 있더냐. 양인들은 남녀 구분 없이 바깥을 휘젓고 다니잖니. 조선도 곧 그렇게 될 것이야. 그때 잉글리시를 쓰라는 거지. 네가 강진이만 못할 게 뭐가 있느냐. 어릴 때부터 총명했지. 그런 네가 내게 힘이 되어 주어야 하지 않겠니. 허허허."

김 대감이 대놓고 속내를 드러내며 너털웃음을 지었다.

미진 아기씨가 잉글리시를 익힌다기에 의아했는데 의문이 풀렸다. 아기씨가 아닌 김 대감의 뜻이었다. 역시 김 대감은 제 잇속 챙기기에 능했다. 그러기에 난리 통에 귀양을 면하고 태형으로 끝난 것이리라. 그 와중에 대신 뭇매를 맞은 아버지의 죽음은 예상치 못했을 것이다. 이런 생각을 하니 속이 매슥거렸다. 이 자리를 피할 수 있다면 피하고 싶었다. 하지만 어찌 되든 담판을 지어야 했다.

"잉글리시 통변을 하는 이들은 대부분 저와 같아요. 아기씨는 그저 노비 부리듯 저를 이용하세요."

난 더 이상 노비가 아니기에 일부러 '노비 부리듯'에 힘주어 말했다. 그래서인지 줄곧 외면하던 아기씨가 고개를 돌렸다.

"이용하라고? 그거 괜찮은 말이구나."

듣고만 있던 김 대감도 얼씨구나 맞장구쳤다. 아기씨는 자세를 바로 하더니 스크랜튼을 보며 고개를 끄덕였다. 해 보겠다는 뜻이었다.

아기씨의 의중을 전하자 스크랜튼이 반색했다. 나 역시 그랬다. 그러나 그도 잠깐이었다.

"넌 나가거라."

조금 전, 분명 나를 이용하겠다고 했기에 어안이 벙벙했다. 상황이 짚이지 않아 어정쩡하게 서 있는데 아기씨의 말이 다시 화살처럼 날아왔다.

"저 여인은 방에 있고, 너는 밖에 있으란 말이다."

"아……!"

그들에게 난 백번 천번 면천이 된다 한들 죽을 때까지 노비였다. 씁쓸했으나 어찌할 수는 없었다. 김 대감은 아기씨를 다독이고는 흡족한 얼굴로 자리를 떴다.

언제부터였는지 부슬비가 내리고 있었다. 난 문턱을 넘었고,

비에 젖어 축축한 섬돌에 발을 디뎠다. 그곳에서 방 안의 스크랜튼을 보았다.

"Don't worry. I'll be here."

그러고는 방문을 닫았다.

문간을 사이에 두고 방 안과 밖은 서로 다른 세상이었다. 날 받아들이는 세상과 그렇지 않은 세상. 복잡한 마음을 서둘러 추슬렀다.

곧 배움이 시작되었다. 보이지 않아서인지 방 안의 소리가 더욱 또렷하게 들렸다.

"My name is Scranton. Nice to meet you."

"제 이름은 스크랜튼입니다. 만나서 반가워요."

스크랜튼의 말을 우리말로 바꾸어 전했다. 부스럭거리는 소리가 들렸는데 책과 연필을 꺼내는 듯했다.

"Mijin, this is a pencil. In the West, I use a pencil like you use a 붓."

스크랜튼의 말이 길어질수록 내 귀는 쫑긋해졌다. 보지 않고 듣기만 하는 것이기에 두 배로 촉각을 곤두세웠다. this, pencil, use처럼 아는 말은 쏙쏙 들어왔으나, 모르는 말은 물 흐르듯 흘러가 버렸다. 그렇다고 '이것', '펜', '사용하다'라고만 말할 수는 없었다. 조각조각 떠다니는 말을 모아 살을 붙여 덩어리를 키웠다.

"아기씨, 그 뾰족하고 끝이 검은 것은 연필입니다. 서양에서는 붓 대신 그것으로 글을 씁니다."

"오호, 먹 없이 글을 쓴다니 신기하구나."

아기씨의 말을 들으니 내가 처음 연필을 잡았을 때가 기억났다. 나무 안에 검은 것을 품고 있는 모양이 독특했다. 처음에는 붓에 비해 가늘게 써지는 것이 글씨인 것 같기도 하고 아닌 것 같기도 했다. 하지만 가볍고 사용이 쉬워 쓰고자 할 때는 언제든 쓸 수 있어 유용했다. 다만 연필심이 닳아서 깎아야 할 때는 아까운 마음이 컸다.

"This is A, B, C. Repeat after me."

스크랜튼의 말에 잠깐 들었던 딴생각을 물리쳤다. 이번엔 많이 들었던 말이라 쉬웠다.

"아기씨 왼쪽부터 차례대로입니다. 에이, 비, 씨. 따라 해 보세요."

처음엔 아기씨의 목소리가 작아서 주저하는가 싶었다. 그런데 시간이 지날수록 막힘이 없었다. 가르쳐 준 글자를 빠르게 익히더니 가끔 궁금한 것을 물었다. 오가는 말소리로 몰두한 둘의 모습을 그렸다. 아마도 방 안의 열기는 뜨거울 것이었다. 부슬거리던 빗방울은 점점 굵어져 어깻죽지를 차갑게 적시고 있었다.

I can

돌아가는 내내 몸이 물먹은 솜 같았다. 간신히 학당에 다다라 발을 디디는데 잠깐 아버지가 보였다. 환영인가 싶었다.

"아버지……!"

허공에 손을 뻗었고 그러다 그만 앞으로 풀썩, 고꾸라지고 말았다.

꿈에 아버지는 김 대감 댁 마당에 내팽개쳐 있었다. 몸에 멍석을 돌돌 말고 있었는데, 꼼짝도 하지 않았다. 아버지를 깨워야겠다는 생각에 멍석을 세게 흔들었다.

"정신 차려 보셔요. 아버지! 으흑, 흑!"

태형에 온몸이 욱신거리고 고통스러웠을 것이다. 아버지의 허

옇게 마른 입술에서 신음이 새어 나왔다. 체념한 채 멍하니 바라
만 보던 어머니는 아버지의 몸에 얼굴을 묻고 흐느꼈다.

"쯧쯧, 데려가 눕혀라."

김 대감은 초주검이 된 아버지를 못마땅한 눈빛으로 바라봤다.
그 모습을 보니 더럭 겁이 났다.

"어머니, 아버지랑 행랑채로 가요. 어서요. 흑흑."

이를 악물었다. 뺨으로 뜨거운 눈물이 흘렀다. 그런데 누군가
내 뺨을 어루만졌다. 눈물을 닦아 주는 부드러운 손길이 따뜻했
다.

"Why are you crying? Did you have a dream?"

낯익은 목소리였다. 천근보다 무거운 눈꺼풀을 들어 올렸을
때, 스크랜튼의 파란 눈동자가 보였다. 걱정이 가득 담긴 눈빛이
었다.

'꿈이었구나.'

가장 고통스러웠던 날의 기억은 지금처럼 종종 꿈에 나타나곤
했다. 깨어날 때는 안도감보다 아버지의 부재에 대한 슬픔이 먼
저 찾아왔다. 그런데 지금은 어딘가 달랐다. 손뼉을 치며 호들갑
을 떠는 늦단이 때문이었다.

"깨어났어요, 일어났다고요!"

늦단이는 고사리 같은 손으로 내 팔을 잡았다.

"언니, 이제 안 아파? 흐엉, 죽는 줄 알았잖아."

꼬박 사흘 만이라고 했다. 학당에 들어서자마자 쓰러진 뒤로 줄곧 열이 오르내리다 이제야 깨어난 것이었다.

"내가 얼마나 힘들었는지 알아? 어휴."

물수건을 이마에 올려주는 늦단이의 손길이 야무졌다. 다른 때라면 쓸데없이 징징대지 말라고 했겠지만, 지금은 그런 늦단이가 밉지 않았다.

무슨 꿈이었냐는 스크랜튼의 물음에 움찔했다. 그날의 기억은 차마 입으로 꺼내지지 않았다. 아무 말도 하지 못하고 그저 엷은 웃음을 지을 수밖에 없었다.

며칠이 흘렀다. 잠깐 들었던 늦단이에 대한 고마움은 역시 그때뿐이었다. 기운을 차린 뒤에는 거의 매일 늦단이를 닦달하며 하루를 시작했다.

"빨랫감은 걷어 개켰어?"

"마당 비질은 했고?"

"언문은 얼마나 익혔어? 어디 네 이름 한 번 써 봐."

늦단이는 싫은 내색을 하면서도 곧잘 따랐다. 하지만 공부 이
야기만 나오면 질색했다. 이름은커녕 가르쳐 준 자모 자도 잊어
버리는 모습에 나도 모르게 언성을 높였다.

"언제 가르쳐 줬는데 아직 그것도 몰라?"

내 타박에도 늦단이는 끄떡없었다. 오히려 따지듯 되물었다.

"글은 배워서 뭐 해? 언니나 실컷 하라고."

"혹시 까막눈으로 지내다 시집가면 그만이라고 생각하는 거
야? 설마 캄캄한 세상에서 살고 싶은 건 아니지?"

"걱정 마, 세상이 이렇게 환한데 언니는 무슨 말을 하는 거야?"

답답했다. 처음에는 미운 아이 떡 하나 더 주려는 마음이었다.
그런데도 받아먹지 못하니 이럴 때마다 울컥 화가 올라왔다.

학당으로 올라가 창문가에 서책을 바짝 댔다. 투명한 창문으로
들어온 햇살이 서책 위로 부드럽게 내려앉았다. 표지에 Beginner
라고 쓰여 있는데, 그 옆에 초급이라고 작게 토를 달아 두었다.

문득 일전에 본 역관이 생각났다. 천민이 출세했다는 누군가의
말이 귓가에 맴돌았다. 마음이 훅 당겼기 때문이리라. 출세하면
돈도 벌고 어머니를 호강시켜 드릴 수 있을 것이었다. 김 대감이
나 미진 아기씨에게 홀대받지도 않을 터였다. 그런 생각을 하니

처음으로 잘하고 싶다는 마음이 들었다. 때마침 들어오는 스크
랜튼에게 책을 펼쳐 보였다.

"I'm studying. I decided to be um……say Korean to English."

우리말을 잉글리시로 바꾸는, 통변가가 되고 싶다고 한 말이
었다. 적절한 말을 알지 못해서 길게 풀어 놓았다. 아니나 다를까
스크랜튼이 빙그레 웃었다.

"That's good! And you can say interpreter."

인터프레터, 처음 듣는 말이었다. 앞뒤를 살피니 통변가라는
뜻 같았다.

"I decided to…… become an inter……preter."

생각을 되짚으며 더듬더듬 따라 했다. 이럴 때면 자신이 없어
눈치가 보이곤 한다.

"Yes, right! I N T E R P R E T E R."

스크랜튼이 천천히 불러 주었고, 난 서책의 빈 곳에 한 자 한
자 받아 적었다.

interpreter 통변가

통변가가 되기로 마음먹고 나니 조금 전과는 다른 기분이었다.
커다란 돈주머니 속에 밑천이 차곡차곡 쌓이는 느낌이 들었다.

그렇게 모은 단어로 하고 싶은 말을 자유롭게 하며 통변할 날을
그려 보니 두근두근했다.

"You are the only one in Jeongdong."

스크랜튼이 엄지를 추켜세웠다. 듣고 보니 그랬다. 서양인들이
많은 이곳에서 통변하는 유일한 여성이 바로 나였다.

"Yes, I am an interpreter."

용기가 필요한 말이었다. 주제넘은 말인 것도 같았다. 아무리
천민이 출세했다 해도 그는 남자였다. 하물며 여자인 내가……
허무맹랑한 꿈일지도 모른다.

"Yes, you are!"

갑자기 스크랜튼이 팔을 뻗어 끌어안았다. 숨이 턱 막혔다. 그
녀의 마지막 말이 마음에서 반짝거렸다. 전기수의 말을 통변하
던 역관에는 한참 못 미치지만, 지금껏 내가 해 온 것 역시 통변
이라면 통변이었다. 부족한 실력 때문에 조금 부끄러웠지만, 앞
으로는 기죽지 않고 당당하고 싶었다. 멋들어진 통변사가 되어
보란 듯 김 대감을 통변하고, 어머니와 함께 사는 모습을 그렸다.
그저 바라는 것을 그려 보았을 뿐인데 마음이 벅차올랐다. 그간
하고 싶었으나 차마 나오지 않던 말을 꺼냈다.

"I was 김 대감's slave. My mom was there."

스크랜튼이 등을 토닥거렸다. 짐작하고 있었던 걸까. 이미 알고 있다는 위로의 손길이었다.

king, nobility, slave, equality는 학당에 온 뒤 자연스럽게 익힌 말이었다. 스크랜튼이 믿는 하나님이라는 신 앞에서는 왕이나 김 대감, 노비였던 내가 모두 똑같다고 했다. 하지만 현실은 달랐다. 아버지는 양반 대신 맞아 죽었고, 난 방 밖으로 쫓겨나 비를 맞으며 통변했다. 하늘과 땅이 뒤바뀐다 한들 이곳에서는 당치 않은 말이었다.

잠깐 사이 스크랜튼이 안채에서 서책을 한 권 갖고 나왔다. 건네받고 보니 아무것도 적혀 있지 않은, 그러니까 빈 것이었다.

"It's a notebook! You can write whatever you want."

"Notebook?"

처음 듣는 말이었다. 내가 되묻자 스크랜튼은 연필로 쓰는 흉내를 냈다.

비어 있다는 것은 무언가를 채울 수 있다는 희망이었다. 글자로 빽빽이 채워진 모습을 그리니 그 또한 멋져 보였다. 그래서 더욱 소중했다.

쓰임에 대해 이런저런 고민 끝에 그간 배운 말을 정리해 보기로 했다.

이제껏 잉글리시를 접하면서 처음 듣는 말은 그때그때 서책의 빈 곳에 적어 놓았다. 하루에도 몇 번씩 들추어 보니 책장은 손때가 묻어 너덜너덜해졌다. 그렇다고 쉽게 외워지는 것도 아니었다. 그래서 한곳에 모아 두면 두고두고 보기에 편할 거라는 생각을 했다.

there 거기
interpreter 통변가
can 할 수 있다
you can 당신은 할 수 있다

하나하나 옮기고 나니 대단히 큰일이라도 마쳐 놓은 것처럼 흐뭇했다. 나는 you에 가위표를 하고 I로 바꾸었다. 그런 뒤에야 만족스럽게 노트북을 덮었다.

"I can, I can, I can."

마지막 한 줄을 읊고 또 읊었다.

넘어야 할 산

"I'll go alone."

김 대감 댁으로 나서는 내게 스크랜튼이 한 말이었다. 그녀가
얼마나 나를 걱정하는지 짐작이 갔다. 하지만 스크랜튼 혼자 가
게 둘 수는 없었다. 나를 위해서도 나서야만 했다. 여기서 물러선
다면 다른 어떤 것도 할 수 없을 것 같았다. 노비였던 내가 양반
가의 여식인 아기씨의 통변을 못 한다면 누구의 통변을 할 수 있
을까. 그렇게 생각하니 용기가 났다. 가지 못할 이유가 수십 가지
있다 하더라도 앞으로 나가야만 했다. 두려움과 걱정을 접어 마
음 깊은 곳에 꼭꼭 넣었다. 그런 뒤 크게 숨을 내쉬었다.

"I must go."

단호한 말에 스크랜튼은 더 이상 말리지 않았다. 우리는 나란히 걸었다. 둘 다 아무 말도 하지 않았다. 시장을 지날 때는 지난번에 보았던 역관을 만날까 싶어 주위를 두리번거렸다. 본다 한들 어떤 용건이 있는 것도 아닌데 자꾸만 생각이 났다. 내 속을 알 리 없는 스크랜튼은 종종 뒤처지는 내가 불안한지 여러 번 괜찮으냐고 물었다.

어느새 김 대감댁에 이르렀다. 지난번처럼 오늘도 역시 문고리를 쉽게 잡지 못했다. 피할 수 없으니 두드려야 했지만 두려움이 자꾸만 고개를 내밀었다. 머뭇거리고 있는데 벌컥 문이 열렸다.

어머니였다. 머리에는 새참 바구니를 이고 있었다. 작은 체구가 더 쪼그라들어 보였다. 나를 본 어머니는 반가움인지 걱정인지 모를 표정을 지었다.

"벼리 아니냐. 기어이 또 온 거야?"

한 손으로는 새참 바구니를 잡은 채, 다른 손으로 내 얼굴을 쓰다듬었다. 눈물이 핑 돌았다. 난 어머니가 등을 쓸어 주는 것을 좋아했다. 손바닥이 거칠어 가려운 곳을 시원하게 긁어 주었기 때문이다. 하지만 이제는 나무 등걸 같은 손에 어머니의 고단한 삶이 담겨 있음을 알았다. 가슴이 먹먹해졌다. 아무 대답도 하지 않으니 어머니가 말을 더했다.

"후딱 일 보고 가렴. 모진 꼴 당하지 말고."

오늘도 편치 않을 거로 생각한 모양이었다.

그도 그럴 것이 미진 아기씨의 얼굴이 좋지 않았다. 지난번과 마찬가지로 여전히 못마땅해하는 기색이 역력했다.

"너도 참 끈덕지구나. 바깥에 서 있거라."

스크랜튼이 들어간 뒤에 여닫이문을 닫았다.

공부가 시작되었고 스크랜튼은 지난 시간에 했던 것에 이어 새로운 글자를 가르쳤다. 그녀가 하나하나 짚어 가며 설명하면 내가 우리말로 전했다. 아기씨는 입으로 따라 하며 손으로는 쓰기를 반복했을 것이다. 때때로 한숨을 내쉬거나 딴생각하는 것도 같았지만, 어찌 되었든 제일 마지막 글자에 이르렀다.

"Y는 당신을 뜻하는 you의 Y이고요. Z는 아무것도 없다는 뜻인 zero의 Z입니다."

마지막 Z까지 찬찬히 듣던 아기씨가 중얼거렸다.

"어렵구나, 어려워. 그런데 가만 보니 그림이로구나."

아기씨의 말을 스크랜튼에게 전해야 하는데 도통 무슨 말인지 종잡을 수가 없었다. 잉글리시에 대한 통변은 내가 겪었던 것이기에 수월했다. 그런데 지금처럼 앞뒤 상황과 관련이 없는 말은 나를 적잖이 당황하게 했다.

"예? 그게 무슨 말씀입니까?"

문 너머로 미진 아기씨의 한숨이 들렸다. 답답하다며 가슴을 치는 것도 같았다.

"이것 봐라. O는 휘영청 밝은 보름달 같고, S는 구불구불한 산길 같고, Z는 꼭 乙자 같지 않느냐."

짜증 섞인 말투였으나 모르는 체하며 맞장구쳤다.

"그러네요. W는 물결 같고, U는 편자 같아요."

그러고는 통변을 기다리는 스크랜튼에게 말을 전했다.

"She said, english is like painting. O is like full moon, S is like a curved road……."

"That's right. Let's review from a."

처음부터 되새겨 보자는 스크랜튼의 말을 전할 때였다.

"오늘은 이만하자꾸나. 더는 내키지 않아."

그러더니 '탁' 하며 책을 덮는 소리가 났다. 그런데 거의 동시에 스크랜튼이 a부터 되풀이하기 시작했다. 상황 파악이 잘되지 않았다. 일단 스크랜튼을 불러야겠다는 생각이 들었다.

"Scranton, stop please."

곧바로 말을 멈추었고 스크랜튼이 어찌 된 일인지 물었다.

"I think she's tired. Let's finish."

아기씨가 고단해하니 이만하는 것이 좋겠다는 말에 그녀는 흔
쾌히 책을 덮는 듯했다.

그런데 그때였다.

"쯧쯧. 이왕 하는 거 좀 더 정진할 수는 없느냐. 그래서 어느 세
월에 실력을 키우겠느냐."

등 뒤에서 꼬장꼬장한 목소리가 들려왔다. 김 대감이었다. 다
시 한번 일이 벌어질 것 같아 가슴이 쿵덕쿵덕 뛰었다. 아니나
다를까, 방 안에서 저벅저벅 발소리가 나더니 방문이 덜컥 열렸
다. 김 대감 못지않게 아기씨의 얼굴에도 불만스러운 기색이 가
득했다.

"이 정도면 만족할 줄도 아셔요. 강진 오라버니는 열이면 열 아
버지의 뜻을 따랐지만 전 그럴 수 없어요. 시작은 하되 마음이
동하면 할 것이고 그렇지 않으면 언제라도 접을 거예요."

"뭐야? 강진이는 너처럼 이러지 않았다. 나와 약조하면 그것이
무엇이든 지켰지. 그런데 너는 무얼 하고 있느냐? 부끄러운 줄

알아라."

김 대감이 격한 마음을 드러내며 성큼 앞으로 다가왔다. 고개 숙인 채 둘 사이에 서 있던 나는 어쩔 줄 몰라 했다. 스크랜튼도 나만큼 당황하는 것처럼 보였다. 우리말을 알아듣지 못하니 더욱 답답할 터였다. 그녀는 두 사람을 번갈아 보며 여러 차례 한숨을 내쉬었다.

"그런 부끄러움 따위 전 모릅니다. 여전히 아버지 때문에 힘들어했던 오라버니만 보여요."

"그렇게 사정을 일렀거늘 답답하구나. 네가 누리는 권세가 내게서 나오는 것을 모르느냐, 나 하나 편히 살자고 이러는 줄 알아? 설렁설렁하려거든 집어치워라. 어찌 벼리만도 못하느냐, 쯧쯧."

김 대감의 마지막 말에 난 눈을 질끈 감았다. 어쩌자고 나와 아기씨를 견주는 것인지 앞이 캄캄했다. 맥이 점점 빨라지는 것이 느껴졌다.

아니나 다를까, 불똥은 나를 향해 날아왔다. 아기씨는 벌떡 일어나더니 문간으로 성큼성큼 걸어왔다. 그러더니 내 앞에서 움켜쥐고 있던 서책을 찢었다.

치이이익, 치익, 칙.

종잇조각들이 맥없이 흩날리며 떨어졌다.

"Oh my lord!"

스크랜튼이 입을 틀어막았다. 난 할 말을 잃었다.

아기씨는 김 대감에게 맞서는 마음을 내게 쏟아냈다. 아버지에게 모질게 말할지언정 행동마저 그럴 수는 없었을 것이다. 그런 이해와는 별개로 씁쓸했다. 매받이로 돌아가신 아버지와 욕받이가 되어 버린 내 처지가 중첩되어 슬픔이 억장 같았다. 하지만 이 역시 결코 내색할 수 없는 마음이었다.

"저, 저런. 이게 뭐 하는 짓이냐? 어허, 허허."

김 대감이 기막힌지 헛웃음을 쳤다. 아기씨는 대답 대신 나를 보았다.

"당분간 오지 말거라. 저 여인도 보기 싫다!"

"아기씨, 대감마님이 그만 오라고 하시면 그렇게 하겠습니다. 한데 저를 내친다고 끝나지 않아요."

"그래, 이 아이 말이 맞다. 이 답답한 것아, 왜나라에 청나라에, 이제는 양이들까지. 조선이 어떻게 변할지 모르지 않느냐. 훗날을 대비해야 한다고 말하지 않았어! 네가 가문을 지켜야 하는 것이야!"

김 대감은 구구절절 말을 쏟아내고는 가 버렸다.

정적이 무겁게 내려앉았다. 미진 아기씨의 소맷부리 아래로 나온 주먹이 바들거렸다. 얼룩진 눈가를 보니 눈물을 흘린 것도 같았다. 이런 때는 일단 자리를 물리는 것이 나았다. 스크랜튼도 어느새 짐을 챙기고 있었다. 난 쭈그리고 앉아 찢어진 종잇조각을 주웠다.

아무것도 모르면서

이른 아침, 마당에서 비질 소리가 났다. 늦단이가 일찍부터 일어나 바지런을 떨고 있었다. 해가 서쪽에서 뜰 일이었다. 나는 오늘이 그날인 것을 알아채고는 피식 웃고 말았다.

"언니, 어서 가자, 가자!"

마당으로 나가니 늦단이가 쪼르르 달려왔다. 오랜만에 꼼꼼하게 씻었는지 얼굴이 말쑥했다. 생기발랄한 목소리와 싱글거리는 얼굴이 잔뜩 기대에 찬 모습이었다.

"아침 먹고 가야지. 근데 자모 자는 다 외운 거야? 아니면 못 가!"

늦단이는 새초롬하게 날 바라보더니 발끝을 움직였다. 흙바닥에 보란 듯 글자를 쓰기 시작했다. 얼마 지나지 않아 스물여덟 자가 마당에 빼곡히 채워졌다.

"언니가 물어볼 줄 알았지. 이것 봐, 내 이름도 쓸 수 있어."

조금 머뭇거리긴 했지만 진짜로 '늦단'이라는 두 글자를 써냈다. 그러고는 뿌듯한 표정으로 날 바라보았다. 낯간지러운 칭찬 대신 늦단이가 듣고 싶은 말을 했다.

"빨리 밥 먹고 나서자."

생각대로 폴짝폴짝 뛰며 좋아했다.

오늘은 학당의 학생을 찾으러 시장에 가는 날이다. 모처럼의 외출에 한껏 달떴는지 늦단이는 저만치 앞서나갔다. 그래 놓고 빨리 오라며 나와 스크랜튼에게 손짓했다.

"She looks happy. She changed a lot since I first met her."

"I think so."

그녀 말대로 늦단이는 처음과 달라져 있었다. 꾀죄죄한 모습 대신 얼굴에 윤기가 돌았다. 외모뿐이 아니었다. 심통 맞고 불만 이 가득했던 얼굴 대신 엉뚱하고 발랄한 모습을 보여 주었다. 마치 단단히 닫혀 있던 마음의 빗장이 풀린 듯했다.

"You too."

스크랜튼의 말에 난 얼굴이 달아올랐다. 그도 그럴 것이 늦단이에게서 종종 내가 보였기 때문이다. 앞서가던 늦단이가 되돌아오더니 물었다.

"언니는 시장에서 뭐 살 거야?"

난 늦단이의 이마를 콕 쥐어박았다.

"사긴 뭘 사, 같이 공부할 네 동무 찾을 거라고 했잖아."

핀잔에 잠깐 눈을 흘기더니 이내 내 팔을 잡고 졸랐다.

"내가 학당에 데려갈 친구 찾으면, 뭐 사 주는 거다?"

그러더니 대답도 듣지 않고 달려 나갔다. 그런 모습이 밉지 않았다.

우리는 일부러 인적이 드문 뒷길로 걸었다. 사람이 북적거리고 번화한 곳에서 학당에 올 이는 흔치 않았다. 시장의 배고픈 아이들은 대부분 그늘지고 후미진 곳에 있었다.

스크랜튼은 귀족, 그러니까 양반가의 여식에게 신학문을 널리 알리고자 했던 자기 생각이 바뀌었다고 했다. 내 생각에도 체면을 중시하는 양반가에서 여식을 바깥으로 내돌리는 것은 쉽지 않은 일이었다. 미진 아기씨만 봐도 그랬다. 그보다는 나 같은, 갈 곳 없는 아이를 설득하는 편이 수월할 것이었다.

한편 양반집 규슈와 형편이 어려운 여자아이 사이에 공통점도 있었다. 잉글리시에 관심이 크지 않다는 점이었다. 미진 아기씨는 김 대감의 뜻에 마지못해 따르는 것이었고, 나는 갈 곳이 없어 학당에 들어가게 된 것이었으니 말이다. 둘 다 제보다 잿밥에 관심이 있던 셈이었다.

아무튼 스크랜튼은 양반가는 뒤로 물려 둔 채 시장을 택했다. 언어 때문에 그녀의 마음이 온전히 전해질 리 없었지만, 만나는 한 명 한 명에게 진심으로 대하는 것이 보였다.

골목 안쪽, 쓰러져 가는 집의 사립문에 기대고 있는 모녀가 보였다. 조심스럽게 다가갔다. 그런데 말을 꺼내기도 전에 엄마로 보이는 여자가 아이를 감쌌다. 그러더니 강하게 고갯짓했다. 그녀의 시선은 내가 아니라 뒤에 서 있는 스크랜튼에게 향해 있었다. 어떤 반응이 나올지 예상이 되었다. 우선 그녀를 안심시켜야 했다.

"이 아이, 학당에 가면 배곯지 않고 따뜻한 곳에서 지낼 수 있어요."

하지만 소용없었다. 아이를 부여안은 여자의 손가락에 더욱 힘이 들어갔다.

"며칠이라도 좋으니 와 보세요. 먹여 주고 공부도 가르쳐 줘요. 재워 줄 수도 있어요. 늦단이도 학당에서 잘 지내고 있어요."

제 얘기에 늦단이가 나랑 약속이라도 한 듯 해맑게 웃으며 다가섰다. 그런데 그때 여자가 우악스러운 손길로 늦단이를 밀쳤다.

"절대 안 돼! 버리면 버렸지, 도깨비한테 잡아먹히게 둘 수는 없어. 저, 저리 가!"

큰소리는 쳤으나 겁에 질린 얼굴이었다. 여자는 주위를 두리번거리더니 다짜고짜 돌을 집었다. 금방이라도 던질 듯 번쩍 손을 치켜올렸다. 동시에 품 안의 아이가 울음을 터뜨렸다. 땅바닥에 내쳐진 늦단이 역시 울상을 지었다.

난 그만, 혼이 쏙 빠질 것 같았다. 눈에 잔뜩 힘을 주고 정신을 바짝 차리려 했다. 여자를 진정시켜야 한다는 생각에 두 손을 든 채 뒤로 물러났다.

"알았어요. 이만 갈게요. 혹시 마음이 바뀌면 정동에 있는 여학당으로 오세요."

도망치듯 자리를 떠나는데도 여자는 한참 동안 악다구니를 퍼부었다. 조용하던 골목에 일어난 소동에 사람들이 흘끔거렸다.

그들의 시선은 나보다 금발의 파란 눈을 가진 스크랜튼에게 향했다. 묻지도 않았건만 그녀는 담담히 말했다.

"I'm good. Let's go."

그러니 나도 대수롭지 않게 넘겨야 했다.

우리는 골목골목을 후볐지만 별다른 소득을 얻지 못했다. 어느새 해는 하늘 한가운데에 자리 잡고 뜨거운 열기를 뿜어내고 있었다.

우리를 지치게 한 건 내리쬐는 햇빛도, 아파져 오는 다리도 아니었다. 사람들의 눈빛이었다. 그들은 스크랜튼을 흘끔거리다가도 눈이 마주치면 이내 고개를 숙였다. 말이라도 붙이려 하면 시선을 피하거나 쓰러진 체했다. 심지어 아까 여자가 그랬던 것처럼 돌멩이를 잡는 이도 있었다.

이처럼 학당에 올 만한 여자아이는 가끔 있었으나 이끄는 것은 어려웠다. 그들에게 서양 도깨비에 대한 두려움은 거대한 바윗돌 같았다. 하지만 난 염려하기보다 단순하게 생각하기로 했다. 그들이 양인에 대해 모르니까 그러는 것이라고. 돌이켜 보면 나도 그랬으니까. 그런 두려움은 한참의 시간을 함께하면서 점점 사그라들었다.

스크랜튼의 금빛 머리는 늘 정돈되어 있었으며 파란 눈은 짙은 하늘을 닮은 듯했다. 반듯하고 긴 콧날과 깊게 패인 인중, 얇고 긴 입술, 웃을 때면 생기는 눈가의 주름은 타지에서 전하고자 하는 그녀의 신념을 담아내는 그릇이었다. 시간이 흐르면서 그녀는 내게 알수록 두려운 존재가 아니라 고마운 사람이 되었다. 그래서 이런 일을 마주할 때마다 안타깝기 그지없었다.

쉽게 되는 것이라고는 하나도 없었다. 지금만 해도 그렇다. 학생 한 명 얻기가 이리도 어렵지 않은가. 갑갑한 마음에 한숨이 나오려는데 늦단이가 치맛자락을 잡아당겼다.

"언니, 나 예쁜 거 하나만 사 주라. 응?"

조금 전 골목에서의 일은 잊어버렸는지 해맑게 웃고 있었다.

"그래, 언문 공부도 열심히 했으니 값싼 것으로 하나 골라 봐."

우리는 시장 중앙으로 걸음을 옮겼다. 지름길을 지나 만난 큰길은 사람들로 북적였다. 행상들이 길바닥에 크고 작은 봇짐을 풀어놓고 손님을 모으고 있었다. 늦단이는 잡화상 앞으로 달려가더니 사람들 틈에 자리를 잡았다. 얼레빗을 집어 드는가 싶더니 고운 빛깔의 댕기를 들쳤다. 그러더니 어느새 손거울을 만지작거렸다. 손거울은 늦단이의 손바닥보다 조금 컸는데 뒷면에 나비가 그려져 있었다. 스크랜튼도 궁금했던지 물건 몇 개를 들춰 보았다.

한데 지켜보던 주인의 눈초리가 심상치 않았다. 못마땅한 얼굴로 끌끌 혀를 찼다. 그러더니 퉁명스럽게 말을 뱉었다.

"살 거요? 아니면 그렇게 뒤적거리지 마슈. 부정 타니까."

"뭐라고요?"

주인의 짜증 섞인 말이 기막혀 난 눈을 치켜떴다. 그런데도 그는 아랑곳하지 않았다.

"무슨 사연인지 모르겠으나 단도리 잘하슈! 저 양반이 어떤 양반인 줄 알고, 무슨 험한 일을 당할지 알아? 쯧쯧."

그러더니 내가 반박할 새도 없이 늦단이에게 시선을 돌렸다.

"너 같은 애들은 쥐도 새도 모르게 잡아먹는다더라."

늦단이가 깜짝 놀라며 스크랜튼과 나를 한 번씩 돌아보았다. 들고 있던 손거울을 탁 내려놓고는 입술을 달싹거렸다.

"아저씨 겁쟁이예요? 난 하나도 안 무서운데!"

그러더니 손으로 입을 가리고 킥킥댔다. 주인은 당황했는지 입을 벌린 채 아무 말도 하지 못했다. 그런 모습이 고소해 나도 모르게 웃음이 터져 나왔다. 연유를 모르는 스크랜튼은 "Why?

What?"라고 물으며 덩달아 웃고 있었다.

"시끄럽소! 걱정해서 한 말이구먼, 대체 날 뭘로 보는 거요?"

갑자기 주인이 성을 냈다. 붉어진 얼굴로 씩씩거리며 안으로 들어가서는 손바닥만 한 대접을 들고나왔다. 저절로 내 입에서 잉글리시가 튀어나왔다.

"Oh, my!"

안에 들어 있는 하얀 것은 소금이었다. 주인이 손을 치켜올리는 순간 난 몸을 돌려 스크랜튼을 옆으로 밀쳤다. 대접을 엎다시피 뿌려 댄 소금을 스크랜튼 대신 뒤집어쓰고 말았다. 갑자기 주위가 조용해졌다. 그도 잠시 사람들이 수군대기 시작했다.

"Oh my lord! Are you ok? I'm sorry."

스크랜튼이 어쩔 줄 몰라 했다. 내 머리며 어깨며 묻은 소금을 털어 주었다. 소금 세례를 받은 것은 나인데 가뜩이나 하얀 그녀의 얼굴이 더욱 창백해 보였다. 자신 때문에 이런 일이 벌어졌다는 것을 눈치챘을 것이다.

김 대감 댁에서는 더한 일도 겪었다. 이쯤은 아무것도 아니라고 괜찮다고 말하려던 참이었다. 그런데 입가에 묻은 소금의 짭쩔한 맛에 미간이 찌푸려졌다.

"어우 짜! 아저씨, 양인들이 얼마나 매상을 올려 주는지 모르죠? 저쪽에 책방, 그 옆에 방물가게, 저기 저 면포전에 물어보세요. 이런 짓 한 거 후회할걸요? 아저씨가 스크랜튼을 알아요? 암튼 지금 이거, 실수한 거예요! 아무것도 모르면서!"

주인은 아랑곳하지 않았다. 옆에 있던 먼지떨이를 들이밀면서 보란 듯이 휘저었다.

"재수가 없어서 원, 당신네한텐 안 팔 테니 썩 가슈!"

끝까지 기세등등한 주인이 미워 나도 지지 않고 대꾸했다.

"나도 여기 다시는 안 와요!"

목소리가 점점 커지면서 감정이 복받쳤다. 골목길 여자의 돌팔매질, 경계하는 눈빛의 사람들, 소금 세례까지. 쌓여 있던 답답함이 쏟아져 내렸다. 흘끔거리는 사람들 틈을 헤치고 나가는 동안 어떤 말도 오가지 않았다.

딕셔너리

한참을 걷다 시장 초입에 멈추어 섰다.

"책방에 들렀다 갈게. 스크랜튼이랑 학당에 가 있어. 딴 데 새지 말고. 알았지?"

조금 전의 일이 마음에 걸려 몇 번을 당부했다. 늦단이는 시장 구경을 더 하고 싶은 눈치였지만 책방이라는 말에 질색했다.

책방에 들르려는 건 이야기 때문이었다. 지난번 전기수가 통변했던 것을 본 후로 자꾸만 이야기가 궁금해졌다. 한 번도 책으로 볼 생각을 하지 않았다는 사실이 새삼스러웠다. 하물며 아델라도 이야기책을 잔뜩 사지 않았던가. 한글로 된 이야기를 읽고 말로 옮기는 것도 색다른 일일 것이었다.

책방 주인은 내 얼굴을 기억하는지 또 왔느냐며 반가워했다. 하지만 다른 이 없이 나 혼자인 것을 알고는 곧 시들한 표정을 지었다. 그런데 나 역시 별반 다르지 않았다. 그도 그럴 것이 책방의 이야기책이 양반님의 글자로 쓰여 있는 것이 대부분이었기 때문이었다. 내용은 물론이거니와 표지만 봐도 무엇이 무엇인지 도통 알 수가 없었다. 잔뜩 기대하던 나는 실망스럽기 짝이 없었다.

그러던 중 슬그머니 입꼬리가 올라갔다. 기다리던 사람이라도 만난 것처럼 반가웠다.

내가 집어 든 잉글리시와 문자로 쓰인 자전 때문이었다.

"이건 얼마나 해요?"

주인이 얄팍한 수염을 쓰다듬었다. 곧바로 말하지 못하는 것으로 보아 셈을 하는 듯했다.

"한 권이 없어졌다 했더니 그쪽에 있었구려. 자전이야 없어서 못 파는 것인데 부르는 게 값입죠."

주인의 말에 퍼뜩 기막힌 생각이 떠올랐다. 며칠 전 스크랜튼에게 받은 노트북에 그간 배운 말을 정리한 것과 지금 보고 있는 자전의 모양이 별반 다르지 않았다. 물론 이것에 비하면 내 것은 책의 모양새에 턱없이 모자랐지만 부족한 부분은 채우면 될 것이었다. 말이 쌓이고 쌓여 자전의 형태를 갖춘다면 꽤 유용하지 않겠는가! 가만히 자전을 훑어보던 나는 목소리를 낮추고 의미심장하게 물었다.

"언문으로 된 건 없어요?"

책방 주인은 고개를 갸우뚱했다. 그러더니 고개를 저었다.

"그런 건 이제껏 본 적이 없소. 있으면 두루두루 쓰임이 있을 것 같기도 하다만."

하긴 바다 건너온 자전을 구하는 것도 힘든데 언문으로 된 것이라니, 생각조차 못 해 봤을 것이다. 그런데 생각할수록 가슴이 뛰었다.

책방 주인은 묻지도 않은 말을 풀어놓으며 자랑인지 곤란함인지 모를 얼굴을 했다.

"그거 말이오, 서로 갖겠다고 난리도 아니었소. 딱 세 권이 들어왔는데 두 권밖에 못 팔았잖우. 내가 숨겨 둔 줄 알고 서로 웃돈을 얹어 주겠다는데……. 아, 있어야 팔 거 아뉴. 거기에 있던 것을 모르고……. 그런데 살 거요? 아니면 이리 주슈!"

주인의 재촉에 빼앗기듯 자전을 넘겨주었다. 가질 수도 읽을 수도 없는 책이 눈에 어른거렸다. 이것이 그리 값이 나간다면 언문으로 만든다 해도 그럴 것이 분명했다.

"앞으로 외지인들이 더 많이 들어올 거래요. 그러면 잉글리시를 배우려는 사람도 늘 테고요. 언문 자전이 있다면 인기가 엄청 나겠죠?"

"그거야 두말하면 입 아프죠. 어디 그런 게 있소?"

주인의 확신에 찬 말 덕분에 내 생각에 확신이 생겼다.

"언문 자전 갖고 올 테니 값 잘 쳐 줘야 해요!"

"아마 사려는 이가 줄을 설 거요. 그건 염려 말고 꼭 구해 보슈."

미심쩍은 표정의 주인은 내가 실없이 큰소리친다고 생각하는 것 같았다.

"그런데 양이 말은 무엇 하려 익히오? 그네들 상대하기 만만치 않을 텐데 말이오."

"그냥…… 밥벌이죠 뭐."

난 그저 싱긋 웃고는 책방을 나왔다.

'밥벌이'

김 대감 댁을 나오면서 줄곧 코앞에 놓인 문제를 해결하느라 힘을 쏟았다. 살기 위해서 할 수 있는 것을 할 뿐이었다. 하지만 이제는 아니다. 잉글리시는 내게 그 이상이 될 터였다. 통변사가 되어 먹고 살겠다 마음먹으니 생각이 자꾸만 잉글리시로 엮여졌다. 그간 고단함뿐이었는데 요 며칠은 종종 가슴이 설렜다. 집으로 돌아가는 내내 자전에 어떤 말을 넣을지 생각했다.

학당에 가자마자 책을 펼쳤다. 그런 나를 본 늦단이는 "나 저녁밥 하려고!"라며 묻지도 않은 대답을 했다. 그러고는 부엌으로 후다닥 달려갔다. 처음에는 툭하면 불씨를 꺼뜨리거나 그릇을 엎는 등 실수투성이였는데 이제는 그런대로 모양새가 나왔다.

얼마 지나지 않아 아궁이에 얹어놓은 솥뚜껑 언저리에서 모락모락 연기가 올라왔다. 솔솔 올라오는 밥 내음에 갑자기 허기가 느껴졌다.

김 대감 댁에 있을 때는 밥을 먹어도 편치가 않았다. 음식을 내간 뒤 남은 것을 대강 먹었는데, 그러다 가도 일이 있으면 벌떡벌떡 일어나야 했다. 넉넉하지는 않지만 학당에서 먹는 밥은 마음이 편했다. 옆에 어머니만 있다면, 학당은 더없이 살 만한 곳이었다.

밥상 앞에 앉았는데 스크랜튼이 보이지 않았다. 그러거나 말거나 늦단이는 이미 숟가락을 들고 수저를 뜨고 있었다. 난 늦단이 머리를 콕 쥐어박았다.

"아야! 왜 때려?"

늦단이 머리를 움켜쥐고는 눈을 흘겼다. 난 일부러 한 대 더 때리는 시늉을 했다.

"넌 제일 마지막에 숟가락 드는 거라고 했어, 안 했어? 스크랜튼이 아직 안 왔잖아."

"없는 걸 나더러 어떡해? 아까 제중원에 간다고 나갔단 말이야!"

"거긴 왜?"

늦단이는 대답 대신 그저 한 움큼 밥을 욱여넣기 바빴다. 재차 물었지만 자기도 모른다며 고개를 저었다. 제중원에 간다는 말은 들은 바 없었다. 어디 아프기라도 한 건지 걱정스러웠다. 밥 몇 술 뜨지도 않았는데 늦단이는 숟가락을 달그락거리며 그릇을 비워 가고 있었다. 그 모습이 얄미워 늦단이의 밥그릇을 톡톡 쳤다.

"empty, empty! 비어 있다는 뜻이야."

늦단이가 밥그릇을 가슴팍에 가져갔다.

"어허, 밥그릇은 상에 두고 먹는 거라고 했어, 안 했어?"

마지못해 내려놓는 모습이 불만이 가득 찬 모양이었다.

"잘 들어 봐. dinner는 저녁밥, spoon은 숟가락, table은 상! 그리고 또……."

늦단이가 체한 것 같은 얼굴로 날 쳐다봤지만, 고개를 돌렸다. 그러다 문득 좋은 생각이 스쳤다.

"늦단이 너도 놀이에 끼워 줄까?"

간깐한 표정으로 선심 쓰듯 물었다. 놀이라는 말 때문인지 늦단이의 불퉁스러운 표정이 이내 걷혔다.

"뭔데? 나도 같이 놀래!"

늦단이는 어떤 놀이인지 묻지도 않고 대답부터 했다.

"말 찾기인데, 누가 더 빨리 모으는지 시합하는 거야."

샘 많고 욕심 많은 아이인지라 일부러 '시합'이라는 말에 힘을 주었다. 그리고 손거울로 불을 붙였다.

"내가 이기면 잉글리시 공부하는 거고, 네가 이기면 시장에서 본 손거울 사 줄게."

아니나 다를까 늦단이의 눈이 반짝반짝했다. 당연히 이길 수 있다고 생각하는 것 같았다. 서둘러 밥을 먹은 뒤 단어를 적어

놓은 노트북과 아무것도 적혀 있지 않은 종이를 몇 장 가져왔다. 빈 종이를 건네며 차근차근 설명했다.

"여기에 물건 이름을 다 적어. 땅, 바위, 산 같은 것도 좋고, 움직임을 나타내는 말도 괜찮아. 울다, 웃다, 먹다 같은 거 말이야. 기쁘다, 재미있다 같은 느낌을 나타내는 것도 돼."

말을 마치자마자 늦단이가 종이와 연필을 잡았다. 삐뚤삐뚤한 글씨로 조금 전 내가 말했던 것을 써 내려갔다. 연필 끝에 침을 묻혀 가며 열중하는 모습이었다. 늦단이에게 지지 않으려면 나도 시작해야 했다. 늦단이와 등지고 앉아 일단 눈에 보이는 것들을 적기 시작했다.

늦단이가 마당으로 내려가더니 주위를 살폈다. 마침 스크랜튼이 돌아오던 참이었다. 그녀는 글씨를 쓰고 있는 늦단이를 보고는 깜짝 놀라는 듯했다.

"What are you doing now?"

무슨 일이 있냐며 내게 물었지만 난 대수롭지 않은 듯 어깨를 으쓱해 보였다.

늦단이가 달려가 스크랜튼의 치맛자락을 붙잡았다. 입을 나불거리며 조금 전의 일을 자랑하듯 설명하는데, 알아들을 리 없는 스크랜튼은 그저 웃을 뿐이었다. 그녀는 늦단이가 내민 종이를 유심히 보았다. 죄다 언문으로 쓰여 있는데도 사뭇 진지한 얼굴이었다. 늦단이는 뭐가 그리 신이 나는지 자신이 쓴 것을 손가락으로 가리키며 읽었다. 그럴 때마다 난 영어로 토를 달아 주었다.

몇 개 되지 않지만 나도 적어 놓은 것을 보여 주었다. 가만 보던 스크랜튼은 학당에서 책 한 권을 들고 나왔다. 그것은 일전에 본 적이 있는 영문 자전이었다.

스크랜튼은 책을 펼치며 손가락으로 이곳저곳을 가리켰다. 흥분하며 길게 말을 늘어놓던 스크랜튼은 나를 쳐다보면서 같은 말을 반복했다.

"It's a dictionary. dic-tion-ary."

"I understand. 자전, dictionary. Right, I'll make it."

스크랜튼은 그제야 내가 자전을 만들 것이라는 사실을 이해하는 듯했다. 달뜬 표정으로 내 손을 잡았다.

"Wonderful. Good! I'll help you."

다른 이도 아니고 스크랜튼이 도와준다니 든든하기 이를 데 없었다. 기분이 좋아 입이 함지박만 해졌다.

노트북에 자전이라고 적은 뒤 스크랜튼을 힐긋거렸다.

"Tell me the spelling, dictionary."

그녀가 천천히 한 글자씩 불러 주었다. 그대로 받아쓰고 들리는 대로 소리를 적었다.

dictionary 딕셔너리, 자전

한 개를 옮겼을 뿐인데 완성된 자전의 모습이 그려졌다. 가슴이 콩닥거렸다. 멈출 수 없어 아예 자리를 편 것처럼 쭈그려 앉았다. 스크랜튼에게 하나하나 발음을 물었고 그대로 받아쓰기 시작했다. 예닐곱 개쯤 적었으려나, 늦단이가 내 팔을 잡고 흔들었다.

"언니, 스크랜튼이랑 편 먹은 거야? 그러면 나는 어떡하라고? 내가 질 거 아냐."

늦단이는 우리 둘이서만 꿈지럭거리는 것이 못마땅했는지 입을 댓 발 내밀었다. 몇 개 하지 못했다고 해도 소용없었다. 부루퉁한 얼굴로 팔짱을 낀 채 지켜보더니 뭔가 대단한 결심을 한 것처럼 말했다.

"내일부터 나도 잉글리시 할 거야."

들던 중 반가운 말이었다. 하지만 일부러 내색하지 않았다. 오히려 늦단이를 부채질했다.

"네가? 언문도 이제 겨우 뗐는데 무슨 소리야. 언문이나 잘하는 게 어때?"

"그쯤이야 엄청 쉽거든? 이것 봐!"

늦단이가 글자를 모으던 종이를 내밀었다. 써 놓은 것이 어설퍼 보이긴 했지만 제법이었다. 마지못해 인정하는 척하며 스크랜튼에게 늦단이의 말을 전했다. 그녀는 감격 어린 얼굴로 늦단이를 껴안았다. 그녀의 품에서 버둥거리며 웃고 있는 늦단이의 얼굴이 어느 때보다 맑았다.

글자 놀이 덕분에 조용하던 학당에 활기가 넘쳤다. 늦단이와 나는 경쟁하듯 글자를 모았다. 눈에 보이는 온갖 것들을 적었고, 때로는 골똘히 생각에 빠졌다. 그러다 더 이상 떠오르지 않으면 적어 놓은 말에서 실마리를 찾아 꼬리를 물 듯 이어 나갔다.

그러면서 늦단이는 완벽히 언문을 뗐다. 덧붙여 곁눈질로 잉글리시까지 익힐 판이었다. 가르쳐 주지 않았는데 눈치로 언문과 잉글리시를 짝짓곤 했다. 물론 내게도 도움이 되었음은 말할 것도 없다. 자전을 만들면서 가물가물하던 말을 되새겼으며 새롭게 익힌 것도 꽤 많았다.

서안 위에 종이 더미를 펼쳐 놓고 뒤적이던 오후 무렵이었다.

"내가 더 많이 모았지?"

늦단이가 땡글땡글한 눈으로 물었다. 난 바로 대답하지 않았다. 알쏭달쏭한 표정을 지으며 뜸을 들였다.

"글쎄, 어디 한번 보자. 얼추 비슷한 것 같기도 하고……."

"그럴 리 없어. 언니는 스크랜튼하고 쑥덕거리기만 했잖아."

울상을 짓는 늦단이의 모습에 난 애써 웃음을 참았다.

실은 진작부터 져 주려고 마음먹고 있었다. 시장에서 소금 사건 때문에 손거울을 못 사 준 것이 신경 쓰였던 탓이다. 또 늦단이의 열성이 자전을 만드는 데에 큰 도움이 되었기 때문이기도 했다.

"그러고 보니 네가 조금 더 많은 것 같기도 하고……."

늦단이가 좋아하며 폴짝폴짝 뛰었다. 벌써 손거울을 받은 것처럼 신이 난 모습이었다. 그러더니 이참에 확실히 승부를 짓겠다며 의기양양하게 학당을 나섰다.

서안 위의 종이 더미를 보던 난 고민에 빠졌다. 모은 말이 제법 되었기에 어떤 식으로든 묶어 주는 것이 좋을 것 같았기 때문이다. 고심 끝에 사람, 감정, 의복, 식사, 자연 등과 같이 쓰임에 따라 묶었다.

첫 번째는 사람으로 정했다. man[맨] 사내, woman[우먼] 여인, girl[그얼] 소녀, boy[뽀이] 소년, lady[레이디] 처녀, gentleman[젠틀맨] 양반. 입으로 중얼거리며 정성껏 적었다.

한 장 한 장 채워지는 노트북을 보며 흡족해할 때였다. 탕탕탕 탕! 누군가 요란하게 문을 두드려 댔다.

"안에 계십니까? 제중원이요, 어서 문 좀 열어 주시오."

걸걸한 목소리가 익숙했다. 막 씨 아저씨였다. 문밖에서 들려오는 재촉에 신을 신는 둥 마는 둥 하며 달려 나갔다.

"아저씨, 무슨 일이에요?"

대답 대신 숨을 헐떡이는 막 씨 아저씨의 얼굴이 벌겠다.

사람을 살리는 일

"사단이 난 게 틀림없구면. 그렇지 않고서야 너도나도 아플 리가 있겠어."

제중원으로 향하며 막 씨 아저씨가 말했다.

이삼일 전부터였다고 한다. 같은 증상으로 병자가 두셋씩 들어오더니 어느새 병실이 가득 찰 지경이라는 것이었다. 일손이 부족한 것도 문제지만 의원인 알렌과 병자들 간에 말이 통하지 않는다며 혀를 찼다.

"내가 손짓, 발짓하는 것으론 부족하더라고. 마침 아델라가 벼리 네 얘기를 하잖아. 그 김에 동수도 불렀구면. 하나라도 일손이 더 있으면 낫지 않겠어."

"그럼요, 뭐라도 도울게요."

말은 이렇게 했지만 실은 걱정이었다. 학당에서 지내며 이런저런 일로 제중원을 제법 드나들었지만 이런 적은 한 번도 없었다. 게다가 급하다고 하니 가는 동안 걱정이 점점 자랐다.

제중원에 들어서자 곳곳에서 앓는 소리가 들렸다. 병실을 둘러보니 눈에 들어오는 병자의 수만 해도 족히 열은 되어 보였다.

"왔구나, 이것부터 해."

동수 오라버니였다. 병자들 틈에서 일어나 다가오더니 수건을 한 장 내밀었다. 코와 입을 가리라는 것이었다.

"역병만 아니라면 좋을 텐데, 증세가 비슷해 보이는 것이 심상치 않아."

"무엇부터 할까? 아델라는 어디 있어?"

서둘러 팔을 걷어붙이던 때였다. 바깥에서 남자의 거친 목소리가 들렸다.

"누구 없어요! 여기, 사람이 죽어 가요. 얼른 약이라도 주십쇼!"

심상치 않은 느낌에 달려가 보니 대청마루에 덥수룩한 수염의 사내가 여자를 업고 있었다. 얼마나 급했는지 짚신도 벗지 못한 채였다. 아델라가 병실에서 나오며 무어라 말했지만 알아들을

리 만무했다. 그런데도 사내는 말을 계속했다.

"멀쩡하던 여편네가 이러는구면요. 어제부터 비실거리더니 오늘은 일어나질 못해. 죽은 이도 살려내는 곳이라 들었소. 어떻게 좀 해 봐요."

그러더니 이번에는 여자를 다시 둘러업으며 소리쳤다.

"이봐, 일어나 보라고, 정신 좀 차려!"

아델라가 내게 눈짓했다.

"일단 병실에 눕혀 주세요. 어서요."

병실에는 이미 병자가 여럿 있었다. 여자는 열이 올랐는지 몸이 뜨거웠다. 얼굴과 목덜미에 불긋한 것이 돋아 있었다. 간혹 기침했는데 숨소리가 거칠었다. 병자의 증세를 살피던 아델라가 나를 보았다.

"When did her fever start? What did she eat yesterday? She has something on face. I think it's because of……."

아델라의 말이 꽤 길었다. 그러고 보니 그녀는 내가 어느 정도까지 통변이 가능한지 모를 터였다. 나는 예민하리만치 신경이 곤두섰다. 더구나 의술은 사람을 살리는 일이 아닌가. 아델라가 했던 말을 되새겨 그중에서 알맹이를 뽑았다. 그리고 머릿속에 나란히 줄을 세웠다.

"병증이 언제부터 나타난 거예요? 열은요?"

"아침부터 얼굴이 창백했어. 뒷간에 들락날락하더니 초저녁에 드러눕더라고. 그때부터 줄곧 정신을 못 차리지 뭐야."

"그러면 종일 끼니도 걸렀겠네요. 혹시 특별한 거라도 잡수셨어요?"

"특별한 거? 모르겠구만. 우리야 먹는 게 뻔하지 않소."

사내의 말을 아델라에게 전했다. 그녀는 고개를 갸웃거리더니 다시 한번 여자를 살폈다. 그러고는 놋 쟁반 위에 놓인 주사기를 들었다. 뾰족한 바늘이 붙어 있는 손가락 굵기의 관에는 물처럼 보이는 것으로 채워져 있었다.

"지금 뭐 하는 짓이여?"

사내가 투실한 손으로 아델라를 밀쳤고 그 바람에 주사기가 바닥에 떨어졌다.

"그걸로 지금 찌르려는 거요? 이 사람을 영영 못 일어나게 만들 셈인가, 아무래도 내가 잘못 왔나 보구만."

사내의 눈빛이 흔들렸다. 불안한 그를 안심시켜야 했다. 난 바닥에 떨어진 것을 주워 그에게 내밀었다.

"조선의 침 같은 거예요. 주사기라고 해요. 약을 삼킬 수 없으니 이것으로 약을 넣어 주려는 거예요."

그러고는 그대로 아델라에게 내가 한 말을 전했다. 사내가 알아듣지 못해도 관계없었다. 해치려는 것이 아니라는 느낌을 주어야 했다. 그는 주사기와 우리를 번갈아 바라보더니 서서히 손을 내밀었다. 아델라는 주저함 없이 주사기를 건네받았다.

"I'm not trying to do any harm. I'm just trying to save her. To do that, she needs to get a shot."

처음 들어보는 남의 나라말에 사내는 불안증이 도졌는지 이내 나를 다그쳤다.

"뭐라고 하는 것이야? 하나도 빠뜨리지 말고 말해 주소!"

"해치려는 게 아녜요. 아델라는 이분을 살리려는 거예요. 그래서 주사를 놓을 거예요."

갈팡질팡하는 사내에게서 초조함이 느껴졌다. 때마침 여자가 쿨럭거리며 몸을 뒤척였다. 무의식중의 움직임이었지만 사내에게는 걱정스러울 터였다. 결국 다른 방도가 없다고 생각했는지 고개를 끄덕였다. 주삿바늘이 들어가는 것을 지켜보며 사내는 미간을 좁혔다.

"이 사람아, 어서 기운 좀 차리게."

여전히 초조한듯 그의 눈빛이 떨렸다.

"돌아가셔서 기다리는 수밖에 없어요. 이곳은 아녀자들 병실이고요."

"알겠구먼. 꼭 좀 일어나게 해 주소."

사내는 사정하듯 허리를 굽혔다. 아까와는 달리 고분고분했는데, 여자를 두고 가야 한다는 생각 때문인 듯했다. 사내가 돌아간 뒤에야 비로소 한숨 돌렸다. 그도 잠시였다. 아델라는 내게 다른 병자들의 통변을 부탁했다. 두렵지 않았던 것은 아니다. 하지만 내가 할 수 있는 일이며 해야 할 일이었다.

아델라를 뒤따라 병자들 사이를 헤치듯 지나갈 때였다. 누군가 치맛단을 움켜잡았다. 하마터면 앞으로 고꾸라질 뻔했다. 돌아보니 아버지뻘로 보이는 사내가 누워 있었다. 눈을 감은 채였는데, 얼굴에 불긋한 것이 돋아 있었다.

"끄으응. 야, 약 좀……."

무심결에 나를 잡은 것이었고 살고자 하는 말이었다. 뒤이어 무어라 중얼거렸으나 알아들을 수는 없었다. 아델라에게 사내의 말을 전했으나 돌아오는 말은 속수무책이었다.

"He took it. But it doesn't work."

생각해 보니 그런 이가 한둘이 아닐 터였다. 모름지기 역병이 란 이제껏 없던 병일 테고, 치료법 또한 뾰족하지 않을 것이었다. 그렇게 생각하니 더럭 겁이 났다.

몇 년 전 원인 모를 병이 돌았던 때가 떠올랐다. 집집마다 대문 에 고양이 그림이 붙었다. 길거리를 다니는 사람도 드물었다. 상 황을 지켜보던 김 대감은 노비들에게까지 외출 금지령을 내렸 다. 아버지는 김 대감의 은혜라며 황송해했다. 하지만 그가 그런 처사를 내린 것은 자신에게 화가 미칠 것을 염려해서였을 것이 다.

그때까지만 해도 역병은 남의 이야기였다. 하지만 강진 도련님 이 앓기 시작하면서 역병을 실감했고, 초상을 치르면서 죽음을 처음 겪었다. 몸소 겪은 참혹함이 고스란히 되살아났다. 오소소 소름이 돋아 양팔을 감싸 안았다.

"Are you cold?"

병실로 들어오던 알렌과 마주쳤다. 피곤함 때문인지 갈라진 목 소리였다.

"I'm ok. But I can't do anything for him."

덧붙여 조금 전 사내에 대해 물었으나 그 역시 아델라처럼 말할 뿐이었다.

약을 찾던 사내는 잠이 들었는지 미동도 하지 않았다. 의원도 아닌 내가 할 수 있는 것이라곤 기껏해야 자리를 살피거나 물수건을 올려주는 정도였다. 보잘것없어 보이겠지만 그것이라도 하고 싶었다.

그렇게 병자들 사이를 오가며 쉴 없이 통변할 때였다. 누군가 문을 세게 두드려 댔다. 급박하게 부르는 것이 호통을 치는 것 같기도 했다. 조금 전 사내의 소동이 생각나 가슴을 졸였다. 동수 오라버니가 달려 나가는가 싶었는데 아니나 다를까 큰 소리가 들려 왔다. 곧이어 절절매는 막 씨 아저씨의 목소리가 따랐다. 심상치 않아 아델라와 서둘러 나갔다. 문 앞에는 가마 두 대가 멈추어 있었다.

"아무도 없는 것이냐, 어째 나와 보지를 않아?"

노기를 띠었으나 애가 닳은 말투였다. 그러고도 마음이 급한지 서둘러 가마에서 내렸다.

"이봐라, 아무도 없느냐! 어서 우리 아이를 살피지 않고……, 아니 너는, 벼리 아니냐?"

낯익은 몸짓과 목소리, 김 대감이었다. 놀라기는 나도 마찬가지였다. 김 대감을 지나쳐 황급히 가마 안을 살폈다. 미진 아기씨가 어머니에게 기댄 채였다. 눈을 감은 모습이 퍽 힘들어 보였다. 얼굴은 핏기가 없었고 군데군데 울긋불긋했다.

어머니는 나를 보고 흠칫 놀랐다. 나 역시 마찬가지였다. 공교롭게도 예상치 못한 곳에서 마주친 어머니와 나는 아마 비슷한 생각을 했을 것 같다. 내가 어머니를 염려하듯 어머니의 눈빛에서도 그런 기미를 느꼈다.

아기씨는 괴로운지 잔뜩 인상을 쓰고 있었다. 불길함이 설핏 머리를 스쳤다. 치맛자락을 붙잡던 사내의 얼룩진 얼굴도 떠올랐다. 일단 비어 있는 병실에 아기씨를 누였다. 아델라는 은빛 청진기로 아기씨를 진찰했다. 방 바깥에서 김 대감이 소리를 높였다. 호통이나 질타가 아니었다. 평소에는 들어보지 못한 안절부절못하는 목소리였다.

"역병이더냐, 답답하다. 어서 통변해 보거라."

내가 말하기 전에 진찰을 마친 아델라가 먼저 설명을 시작했다.

"She has a fever and rough breath. We have to wait and see."

"Is it serious?"

"Well, let's wait and see."

열이 나고 숨소리가 거친 것은 여느 병자와 같았다. 그저 지켜보자는 말만 거듭했다. 지켜보자니, 이것도 저것도 아닌 참으로 모호한 답이었다. 눈을 부릅뜨고 벼르는 김 대감에게 어떻게 통변해야 할지 무척 난처했다.

김 대감은 신음하는 아기씨를 앞에 두고 복장이 타는 것처럼 보였다. 선뜻 통변을 하지 못하고 머뭇거리는 내게 타이르듯 말했다.

"어허, 뭐라더냐. 들은 대로 전해 보거라."

"병자들의 증세가 비슷하긴 하나 조금 더 지켜봐야 한답니다."

"그럼 역병 아니냐."

"그렇더라도 별일 없을 거예요. 증세가 호전된 이들도 여럿 있으니 너무 염려 마세요."

사실이었다. 몇몇은 밤사이 열이 끓었으나 회복되었다고 들었다. 물론 병증이 심해져 죽은 듯이 누워 있는 이도 있기는 했다. 하지만 굳이 말하지 않아도 될 일이었다.

김 대감이 초점 없는 눈으로 먼 곳을 멍하니 바라보았다.

"간만의 외출을 말렸어야 했는데. 모처럼 들떠 있기에 그러지 못한 게…… 내 탓이구나."

내게 하는 말이 아니었다. 무어라 대꾸할 수도, 대꾸할 말도 없었다.

아기씨 이마에 손을 얹어 보았다. 열이 많이 올라 뜨끈했다. 마침 어머니가 찬물이 담긴 놋 대야와 수건을 갖고 들어왔다.

"내겐 미진이가 전부다. 강진이를 그렇게 보내고 이 아이마저 놓칠 순 없어. 실수 없이 통변하거라. 미진이가 잘못되기라도 한다면 너와 네 어미에게 책임을 물을 것이야."

김 대감의 말에 어머니와 나의 눈이 마주쳤다. 어머니의 눈빛이 흔들렸다. 미진 아기씨에게 최악의 상황은 곧 내게도 그러함을 뜻했다.

"미진이를 살리는 것이 목숨을 부지하는 길임을 잊지 말거라."

물수건을 올리는 어머니의 손이 바들거렸다. 김 대감은 자신이 살기 위해 아버지를 내몰았듯 아기씨를 살리기 위해 우리를 내몰고 있었다. 그에게 노비 목숨이란 있어도 그만 없어도 그만이었다.

애초에 막 씨 아저씨를 따라 이곳에 오지 않았다면 모진 일을 피할 수 있지 않았을까. 아니, 그랬다 하더라도 김 대감은 어머니의 목숨을 미진 아기씨에 대한 담보로 걸었을지도 모른다. 만에 하나 아기씨가 잘못되기라도 한다면 어찌해야 할지 막막했다. 그런데 갑자기 어머니가 김 대감 앞에 엎드렸다.

"아이고 대감마님, 아기씨 갓 날 적부터 돌봐 온 걸요. 제가 죽을힘을 다해 모시는 게 당연하지요. 아무렴요.……그러니 벼리는 가만두셔요."

북받치는 감정을 누르느라 어머니는 드문드문 거친 숨을 내쉬었다. 그러나 김 대감은 들은 척도 하지 않았다. 매서운 눈빛으로 나를 쳐다봤다.

"통변하는 네 책임이 크다는 것쯤은 알겠지. 그러니 내 말을 잊지 말거라. 양의들에게 무슨 일이 있어도 꼭 살려야 한다고 단단히 일러두어라."

김 대감은 미진 아기씨를 구하는 데에 알렌과 아델라가 필요하다는 것을 알고 있었다. 그들이 아기씨를 누구보다 특별히 봐 주기를 바랐다. 그럴 수 있도록 자꾸만 독촉하고 매달리라는 것이었다. 그것은 잉글리시가 가능한 나만이 할 수 있는 일이었다.

천하의 권세라도 자식의 죽음은 견디기 힘든 일일 것이다. 내게 무엇보다 소중한 어머니를 내세우는 김 대감의 말은 겁박이나 다르지 않았다. 미진 아기씨가 잘못되면 어머니와 나 역시 죽은 목숨일 것이었다. 그런데 그 반대라면……. 아기씨가 아무 탈 없이 일어난다면 우리에게 돌아오는 것은 무엇일까. 어쩌면 아버지 어머니가 나를 살렸듯 내가 어머니를 살릴 수 있을지도 모른다. 그런 생각이 퍼뜩 들었다.

"대감마님, 저도 감히 청이 하나 있습니다."

미진 아기씨에게 눈길이 머물던 김 대감이 벌컥 화를 냈다.

"이런 때에 청이라니! 미진이에게만 신경 쓰라고 하지 않았더냐!"

불같은 기세에 더 이상 말을 꺼내지 못했다. 우선은 그저 아기씨를 살피는 것밖에 다른 수가 없었다. 그런데 돌아가려던 김 대감이 몇 걸음 떼다 말고 몸을 돌렸다.

"눈만 뜬다면 뭐든지 들어줄 것이야. 그러니 염려 말거라."

한층 누그러진, 다독이는 어조였다. 김 대감의 칼날 같던 얼굴이 그사이 초췌해져 있었다. 또다시 자식을 잃을지도 모른다는 두려움 때문일 것이다. 그래서일까, 도포는 구김 하나 없이 매끈했으나 뒷모습은 처량했다.

아델라가 물약과 주사기를 들고 왔다. 뾰족한 주삿바늘로 아기씨의 팔을 찌를 때는 지켜보던 내 팔이 뻐근했다. 어머니는 물약을 숟가락에 올려 조금씩 미진 아기씨의 입에 넣어 주었다. 김대감은 어머니를 겁박했지만, 어머니는 염두에 두지 않는 것처럼 보였다. 아기씨 걱정에 잠시도 곁을 떠나지 못했다. 유모로서 보낸 십 년 이상의 세월 때문일 것이다. 게다가 나까지 얽혀 있으니 얼마나 마음이 무거울지 감히 짐작도 할 수 없었다. 아기씨를 지켜보고 별다른 말 없이 나가려는 아델라를 붙잡았다.

"Maybe will she die?"

"No, we have to wait. I think she will be better."

좋아질 거라는 말은 아까 사내에게도 했다. 그렇기에 으레 하는 말인가 하는 생각도 들었다. 안심이 되지 않았다. 자꾸만 의심이 들었고 걱정 덩어리는 걷잡을 수 없이 커졌다. 그렇다고 어머니에게 속내를 털어놓을 수는 없었다. 초조한 얼굴로 아무 말도 하지 않고 있어서인지 어머니가 말을 건넸다.

"아버지가 지켜 주실 거야."

어머니의 말이 위로가 되었다. 이승에서는 맥없이 쓰러졌지만, 당신이 계신 곳에서는 우리의 버팀목이 되어 달라고 빌었다. 그러고 나니 뒤숭숭했던 마음이 조금이나마 진정되었다. 어머니께는 그저 좋아질 거라는 아델라의 말만 전했다.

"아기씨, 벼리 말 들었지요. 반드시 일어나셔야 해요. 대감마님과 마님께 같은 상처를 드리는 불효는 하지 마셔요."

밤이 깊어 갔으나 아기씨는 여전했다. 열은 떨어지는 기세도 없었다. 시간이 얼마나 흘렀을까. 갑자기 미진 아기씨가 한쪽 팔을 올리며 허우적거렸다.

"강진 오라버니, 오라버니! 흐흐흑."

푸석거리는 허연 입술에서 새어 나오는 소리는 처연했다. 안타까움에 나도 모르게 이를 꽉 물었다. 허공에서 길 잃은 아기씨의 손을 잡아 내렸다. 이마는 뜨거웠는데도 손은 차가웠다. 아직도 열이 오르고 있다는 뜻이었다. 이런 상황에 역병으로 죽은 이의 꿈이라니, 불길했다. 하지만 나 역시 강진 도련님을 찾을 수밖에 없었다.

'강진 도련님, 아기씨는 데려가지 마세요. 어른들께도 안 될 일이에요. 제게도 그렇고요.'

도련님은 김 대감과는 달랐다. 차갑거나 매정하지 않았다. 누구에게나 따뜻했으며 의리 있었다. 그러니 불길에 휩싸인 나를 구하러 서슴없이 뛰어들었으리라.

그날, 아궁이에 불을 지필 때 유독 불꽃이 튀었다. 타닥타다닥, 나무 타는 소리도 유난했던 것 같다. 그래서인지 몇 번이나 눈길을 더 주었다. 그런 뒤 어머니가 나가며 부탁한 허드렛일을 하던 중이었다. 시야가 희끄무레했다. 처음엔 눈을 비볐으나 여전했다. 슬금슬금 나는 탄내를 맡고 나서야 부리나케 부엌으로 뛰어갔다.

불씨가 튀었던 걸까. 근처에 장작더미를 쌓아 놓은 탓인 것도 같았다. 서둘러 물을 뿌려 보았으나 소용없었다. 불길은 나를 삼켜 버리려는 듯 순식간에 몸집을 키웠다. 연기를 뱉어 내려고 기침했지만 그럴수록 숨을 쉬기 힘들었다. 불길 너머 누군가가 나를 부르는 소리는 점점 희미해졌다. 강진 도련님이 나를 끌어내지 않았다면 그때 생을 마쳤을지도 모를 일이었다. 도련님은 내가 깨어나고 난 뒤에도 며칠을 더 앓았다. 내게 살갑던 아기씨가 달라진 것도 그때부터였다.

아직도 꿈속을 헤매는지 아기씨가 몸을 뒤척였다. 난 몸을 구부려 아기씨를 살폈다. 새근거리던 숨소리가 다시 거칠어진 것 같았다. 오톨도톨 얼굴에 올라온 것도 더욱 도드라져 보였다. 낮보다 도무지 나아진 기미가 없었다.

어머니는 물을 갈아 오겠다며 일어섰다.

사위가 고요했다. 이따금 옆의 병실에서 병자들의 앓는 소리만 들릴 뿐이었다. 걱정을 떨치기 위해 무슨 말이라도 해야 할 것 같았다.

"아기씨 말이 맞아요. 저 때문에 도련님 몸이 상한 거예요. 불이 나지 않았더라면, 연기를 마시지 않았더라면 몸이 쇠하지도 않았을 테지요. 아기씨, 잉글리시 따위 안 하셔도 돼요. 제가 잘못했으니 제발 일어나세요. 깨어나기만 하면, 아기씨 앞에 얼씬도 하지 않을게요. 그러니……."

불안이 엄습해 아델라와 알렌을 찾았다. 둘에게 의지하는 것밖에 달리 방법이 없었다. 아델라는 한참 동안 미진 아기씨를 진찰했다. 청진기를 여러 번 대고 또 대었다. 가슴팍에서 나는 소리를 듣는 듯했다. 그러더니 내게 이런저런 말을 늘어놓았다. 틀림없이 아기씨의 병증에 관한 내용이었으리라. 그런데 도통 알아들을 수 없었다. 눈만 껌벅거리는 내게 아델라가 정리하듯 말했다.

"She isn't good, but she's getting better."

좋지 않다니, 그런데 괜찮다니. 울다 웃을 노릇이었다. 어딘가 석연치 않았다.

"When will she awake?"

"It's soon."

그저 기다리는 것이 능사였다. 곧 깨어난다고는 하나 그것이 언제일지 알 수 없었다. 김 대감은 내게 미진 아기씨를 살리라 했지만, 결국은 아기씨가 나와 어머니를 살리는 셈이었다.

아기씨는 약 기운에 깊은 잠에 빠진 듯했다. 여전히 숨소리는 거칠었으며 드문드문 콜록댔다. 그 때문에 여러 번 가슴을 쓸어 내렸다. 어머니와 난 잠 한숨도 자지 못한 채 지켜보고 살피며 종종거렸다. 아침이 기다려지는, 유달리 길게 느껴지는 여름밤이었다.

깨져 버린 꿈

날은 더디게 갔다. 아델라와 병자들 사이에서 통변을 하긴 했으나 잠깐씩이었다. 그밖에 시간은 미진 아기씨 곁에서 보냈다. 아델라 역시 정해진 시간 외에도 낮과 밤을 가리지 않고 들여다보았다. 수고에 면목 없었으나 다른 방도가 없었다. 자초지종을 알기에 도리어 나와 어머니를 걱정했다. 그렇게 나흘째 되던 날 이른 아침이었다.

"여기가…… 어디?"

귀 기울여야 할 정도로 작은 목소리였다. 그러나 그토록 기다렸기에 분명 들을 수 있었다. 어머니와 나는 아기씨 옆으로 바싹 다가앉았다.

"깨어나셨군요. 장하십니다."

어머니가 먼저 입을 열며 눈물지었다. 얼굴과 목소리에서 벅찬 감정이 고스란히 느껴졌다.

"제중원이에요. 며칠 전 이곳으로 왔어요. 밤새 앓으셨고요."

내 말이 들리기는 한 걸까. 아기씨는 별다른 대답 없이 멍한 모습이었다. 게다가 잦은 기침 소리가 꽤 깊었다. 아델라에게 아기씨 소식을 전하려 일어나 밖으로 나왔다.

그런데 그때였다. 대문 밖에서 "이리 오너라."라는 소리가 들렸다. 문을 열자마자 김 대감이 빠른 걸음으로 들어왔다. 위엄 있으나 얼굴은 수척했는데, 밤사이 잠을 이루지 못한 모양이었다.

"아기씨가 조금 전에 깨어나셨어요."

바짝 경직되어 있던 김 대감의 얼굴에 비로소 긴장이 풀리는 듯했다.

"그래, 그래야지. 애썼구나."

마지막 말이 낯설었다. 따뜻한 말 한마디 한 적 없는 김 대감이었다. 설마 내게 하는 말일까 싶었지만 분명 그랬다. 순간 하고 싶은 말이 목구멍에서 꿈틀거렸다. 밑져야 본전이었다. 김 대감이 가장 안도하는 지금이 바로 청해야 할 때임을 직감했다. 병실로 들어가려는 김 대감의 등에 대고 서둘러 입을 열었다.

"대감마님, 뭐든지 들어주겠다고 하셨던……. 청이 하나 있습니다."

돌아보는 김 대감의 광대가 실룩거렸다. 방금의 사람다운 냄새는 사라졌다.

"그래, 원하는 것이 무엇이냐, 말해 보거라."

고개를 치켜든 채 내리깔고 보는 눈빛에 진심은 보이지 않았다. 그래도 시치미를 떼지 않았으니 그것으로 되었다 생각했다.

"어머니를…… 면천시켜 주세요. 대감마님, 제발 부탁입니다."

마음이 급해졌다. 땅바닥에 무릎을 꿇고 머리를 조아렸다. 김 대감이 두어 번 헛기침했다. 소리만으로도 지레 숨이 막혔고, 절박한 나머지 눈을 질끈 감았다.

"뭐든지 들어준다고 하셨습니다. 그리해 주신다면 죽을 때까지 은혜 잊지 않겠습니다."

처음이자 마지막이라는 생각 때문일까. 이상하리만치 말이 술술 나왔다.

"크흠, 그것은 네 어미의 뜻이냐? 너 하나 면천된 것으로는 욕심이 채워지지 않는가 보구나."

"아닙니다, 어머니는 아무것도 모릅니다. 제 뜻이에요."

"고얀 것! 네 아비는 목숨을 내놓았지. 너는 무엇을 내놓을 테냐? 어림없는 소리 말거라. 대신 내가 한 말도 있으니 섭섭지 않게 챙겨 줄 것이다."

"대, 대감마님, 제발!"

그 어느 때보다 간곡히 말했지만, 머리맡으로 보이는 김 대감의 갓신이 방향을 틀었다.

눈물이 주르륵 흘렀고 어깨가 들썩였다. 한참 만에 고개를 들었다. 아델라와 동수 오라버니가 나를 보고 있었다.

"될 법한 일이 아니야. 어떻게 그런 청을 올렸어? 경을 치지 않은 것도 다행으로 알아. 뭐라도 챙겨 준다니 그것으로 족히 여겨."

"돈? 내가 원하는 건 그게 아니라고."

오라버니의 말은 위로가 되지 못했다. 절실했던 만큼 절망은 곱절로 다가왔다. 서글펐다. 하지만 어머니에게 걱정을 끼치고 싶지 않았다. 마음을 다잡아야 했기에 눈물을 삼키고 옷매무시를 단정히 했다. 그러고는 서둘러 김 대감 뒤를 따랐다. 병실에 들어서는데 미진 아기씨와 눈이 마주쳤다. 수척했으나 핏기가

도는 얼굴이 한결 나아 보였다.

"이제 안심이에요. 얼마나 걱정했다고요. 열은 좀 어떠세요?"

아기씨는 무심한 얼굴로 아무 대답이 없었다. 간혹 김 대감의 말에 눈을 깜박이거나 인상을 쓰기는 했다. 보다 못한 김 대감은 어머니에게 짐을 싸라고 재촉했다. 그러더니 혀를 차며 걱정을 내비쳤다.

"기력이 떨어진 것이야. 데려가 몸보신시켜야겠다. 간밤에 죽어 나간 이도 있다 들었다. 이젠 집으로 가는 것이 낫지 않겠느냐."

"예, 어젯밤 많이 앓으셨는데 잘 이겨 내셨어요. 아기씨, 참말로 애쓰셨어요."

어머니의 진심이었다. 또한 나의 마음이기도 했다. 세상에 없는 강진 도련님을 찾던 모습을 떠올리면 마음이 저릿했다. 가족을 잃는다는 건 마음에 평생토록 아물 수 없는 상처가 남는 일이었다.

"아버지, 어서 집에 가고 싶어요."

묵묵하던 아기씨가 입을 열었다. 갈라지고 힘없는 목소리가 안쓰러웠다.

"그러자꾸나. 이제는 이곳이 위험할 수도 있을 게야."

김 대감은 걱정이 컸다. 때마침 아델라가 들어왔다. 호전된 아기씨의 모습에 화색을 띠었다. 이만 돌아가겠다는 말을 전하자 염려를 늘어놓았다. 김 대감은 아델라의 말을 알아듣지 못하는 데도 주의 깊게 듣는 것 같았다. 그러다 그녀의 말이 끝나면 황급히 내게 시선을 돌렸다. 통변하라는 것이었다.

"병자들과 증상이 비슷한 것으로 보아 역병인 듯합니다. 고열로 몸이 많이 쇠해져 있어요. 병증이 다시 올라올 수도 있고요. 몸보신하며 바깥출입은 가능한 한 삼가시랍니다. 기침이 떨어지려면 시일이 걸리니 약은 제때 드셔야 하고요. 그리고 대감마님과 어머니도 주의하시랍니다."

사실 마지막 말은 아델라의 말이 아니었다. 내 마음이었다. 아기씨를 곁에서 돌보는 어머니의 해쓱한 얼굴이 마음에 쓰였기 때문이다. 아니나 다를까, 어머니의 얼굴이 어두웠다. 제중원을 나서면서도 두고 가는 것이 있는 것처럼 자꾸만 뒤를 돌아보았다. 아기씨를 부축해 가마에 태울 때였다. 눈이 마주친 어머니가 입을 벙긋거렸다.

"몸조심하거라."

코끝이 찡했다. 열병 환자가 있는 곳에 나를 두고 가자니 마음이 안 놓였던 것이다. 고개를 끄덕이니 그제야 안심한 듯했다.

"조만간 한 번 들르거라."

김 대감이 가마에 오르다 말고 말했다.

"그리하겠습니다."

공손했으나 속마음은 그렇지 않았다. 속내를 감추려고 일부러 고개를 더욱 수그렸다.

아기씨가 돌아간 뒤로 달포가 흘렀다. 제중원은 분주했지만 그 사이 여유를 찾아갔다. 다행히 병자들의 병증도 차츰 나아졌다. 돌림병의 원인은 알 수 없었으나 그 이상 병자가 늘지는 않았다. 초기에 의원을 찾은 덕이었다. 죽어서 나가는 이보다 살아 나가는 이가 많았으니, 수년 전의 역병과는 확연히 다른 모습이었다.

동수 오라버니는 먼저 돌아갔다. 내가 선뜻 나서지 않은 것은 응당 해야 할 일이 남아 있기 때문이었다. 병자들이 나가 비어 있는 병실을 정리하고 있을 때 아델라가 찾아왔다.

"Hello, do you need anything?"

"Could you give this medecine to Mijin?"

돕기를 청하는 내게 아델라가 조그만 꾸러미를 건넸다. 미진 아기씨에게 약을 전할 겸 상태도 살피고 오라는 것이었다. 그러더니 말을 더했다.

"And thank you so much. You saved people."

내가 사람을 살렸다니, 지나친 칭찬에 당황스러워 몸 둘 바를 몰랐다.

"That's too much."

"No, we couldn't make it without your help."

내가 한 일을 가치 있게 여겨 주니 고된 일들이 새삼 보람되었다. 할 말을 찾지 못해 어색하게 웃고 있는데 다행히 아델라가 말을 보탰다.

"You can go back now."

학당으로 돌아가라니, 반가운 말이었지만 한편으로는 걱정스러웠다. 앓는 이들을 돌보는 것이 녹록지 않은 일이라는 걸 알았기 때문이다. 선뜻 대답하지 못한 나는 그녀에게 떠밀리듯 제중원을 나섰다.

오랜만에 접하는 바깥 공기가 새삼 정답게 느껴졌다. 학당으로 가기 전, 김 대감 댁에 먼저 들를 작정이었다. 약도 약이지만 제중원을 나서던 날, 어머니의 걱정스러운 눈빛이 가슴에 남아서였다.

간만이었는데도 어머니는 늘 그렇듯 별다른 말은 하지 않았다. 얼굴을 보는 것만으로도 나처럼 마음이 놓였을 것이다. 미진 아기씨는 안마당을 거닐고 있었다. 나를 보고는 담 너머 고목 나무 아래 드리워진 그늘에 멈추어 섰다. 그동안 회복되었는지 얼굴이 한결 좋아 보였다.

"그간 뜸했구나. 오늘은 혼자 온 것이니?"

예상치 못한 부드러운 말씨에 당황스러웠다. 바로 대답하지 못하니 내 어깨너머를 살폈다. 그러더니 쑥스러웠는지 얼굴을 붉혔다.

"지루하고 재미가 없어서 말이다. 몸도 나아지고 있으니 잉글리시를 배워도 될 것 같아서."

두 번째 말은 내가 잘못 들은 것이 아닌가 싶었다. 하지만 분명히 잉글리시를 하고 싶다고 했다. 놀랄 만큼 반가운 말이었으나 내색하지 않았다. 아기씨 장단에 맞추다 낭패를 본 적이 생각나서였다. 그저 담담히 아델라가 챙겨 준 약재 꾸러미를 들어 보였다.

"오늘은 약재를 전하러 들렀어요. 그리고……. 잉글리시는 아기씨만 괜찮다면 하고말고요. 스크랜튼과 곧 다시 올게요."

그러고는 두어 걸음 뒤로 물러났다. 그런데 미진 아기씨가 툇마루에 걸터앉더니 가까이 오라며 손짓했다. 뜻밖의 모습에 어리둥절할 따름이었다. 그도 그럴 것이 이전에는 내가 방에 들어가는 것조차 꺼렸기 때문이다. 지금껏 내가 있던 자리는 방 안이 아닌 차가운 섬돌 위가 아니었던가.

"벼리, 너 제법이더구나."

무엇을 말하는지 이해가 되지 않았다. 어떻게 답해야 할지 모르겠기에 우물쭈물했다. 그러거나 말거나 아기씨는 하던 말을 계속했다.

"잉글리시 말이야. 너처럼 하려면 어떻게 해야 해?"

이제야 아기씨의 뜻을 짐작했다. 제중원에서 나오던 날을 떠올리는 것 같았다. 아기씨 앞에서 통변한 것은 잉글리시 수업할 때뿐이었으니까. 몸이 편치 않았을 텐데 유심히 살핀 모양이었다.

"학당에 들어가서 줄곧 스크랜튼과 둘만 있었으니까요. 우리말을 쓸 수가 있어야지요. 하루 종일 잉글리시만 썼어요."

"말이 통하지 않아 답답했겠구나."

"지금도 손짓, 발짓하는걸요. 아기씨는 총명하시니 저보다 더 잘하실 거예요."

"그런데 너는 무엇 때문에 잉글리시를 익히는 거야?"

일전에 책방 주인이 내게 같은 질문을 했었다. 그때는 밥벌이라는 말이 먼저 튀어나왔는데 지금은 그렇지 않았다.

"저는…… 통변사가 되려고 배웁니다. 제가 필요한 곳에서 통변하며 말을 전하고 싶어요. 그곳이 병원이라면 사람을 살리는 데, 학당이라면 학문을 익히는 데 도움이 되겠지요. 그래서 사람 노릇 하며 어머니랑 함께 지내고 싶어요."

"그날 네가 꽤 근사하더라. 그래서 나도 배워 보기로 했어. 강진 오라버니를 대신하기 싫었는데 이제는 마음을 고쳐 보려고."

미진 아기씨의 다정한 말에 함께했던 시절이 생각났다. 지금처럼 이런저런 이야기를 나누었고, 공깃돌을 가지고 놀거나 마당에서 흙바닥에 그림을 그리기도 했다. 그럴 때마다 어머니는 질색하며 나를 나무랐지만 아기씨나 나는 개의치 않아 했다. 다시 그때로 돌아갈 수 있을까 하는 마음이 잠깐 들었다.

"서양 의원 말이야, 꽤 유용해 보였어. 이번에 덕을 톡톡히 본 것 같아. 만약 강진 오라버니도 서양 의술을 접했다면 살 수 있었을까."

그리움과 안타까움이 고스란히 담겨 있었다. 만약이란 말은 종종 절망을 희망으로 바꾸어 주었다. 그런 면에서 죽은 이에게는 헛되었으나 산 이에게는 헛되지 않았다.

"아마도 살아나셨겠지요. 저는, 아기씨가 무사하셔서 다행이에요. 곧 다시 뵐게요."

"그래, 모처럼 잉글리시가 재밌을 것 같구나."

여느 때와는 다른 시간이 될 것이라는 기대가 조금 생겼다. 들뜬 마음을 품은 채 대문을 나서던 참이었다. 뒤에서 들려오는 김 대감의 목소리가 발길을 붙잡았다.

"벼리 아니냐, 잠깐 보자꾸나."

앞장선 김 대감을 따라 사랑채에 올랐다. 김 대감은 대뜸 엽전 뭉치를 내밀었다. 보기에도 묵직한 것이 나로서는 앞으로도 만져 보지 못할 양이었다.

"이 정도면 흡족할 거다. 딴소리 말고 받아 두거라."

목소리에 잔뜩 거드름이 붙어 있었다. 다른 이라면 두말없이 받았을지도 모른다. 하지만 선뜻 손이 나가지 않았다. 저것을 받는다면 어머니와 함께하는 삶은 더 이상 꿈꿀 수 없을 것이었다.

"대감마님, 어머니의 면천은……."

알면서도 자꾸만 미련이 나를 붙잡았다.

"어허, 안 된다고 하지 않았더냐? 어찌 말귀를 못 알아듣는 게야? 고약한 것 같으니!"

김 대감의 목소리가 귀를 찔렀다.

"그것이 아니라……."

"역병만 아니었다면 그런 약조 따위는 하지 않았을 것이야. 네가 지금, 미진이를 볼모로 한몫 잡으려는 것이냐?"

"아닙니다. 가당치 않습니다. 단지 어머니와 함께 살고픈 생각뿐이었습니다."

"허허, 정 아쉬우면 네가 들어오면 될 것 아니냐? 어찌할 테냐? 이 돈을 받을 것인지 아니면 들어와서 어미랑 지낼 것인지 양단에 결정을 내리거라!"

"그, 그건……."

아무 말도 못 한 채 머뭇거리고 있을 때였다. 어머니가 후다닥 올라와 내 옆에 무릎을 꿇었다.

"아이고, 대감마님 잘못했습니다. 아기씨를 모시는 것이 제 일이거늘, 어찌 다른 마음을 품겠어요. 이것이 철이 없어 과한 욕심을 부렸습니다. 돈은 필요 없습니다. 저나 벼나 이대로 지내는 것도 과분한걸요. 부디 노여움을 거두어 주세요."

어머니의 사정에야 비로소 김 대감은 화를 가라앉히는 듯했다. 더 이상 불똥이 튀지 않도록, 난 그저 어머니 옆에서 머리를 조아렸다.

사랑채에서 내려오는데 미진 아기씨와 마주쳤다. 언제부터 있었던 걸까. 아무 말도 하지 않았지만 모든 것을 알고 있는 얼굴이었다. 허리 굽혀 인사하고는 묵묵히 발걸음을 돌렸다. 어머니에게도 아기씨에게도 미안했다. 잠깐 꾸었던, 깨져 버린 꿈이었다.

정진하는 길

"언니, 심심해서 혼났어!"

학당에 들어서자마자 늦단이가 쪼르르 달려 나왔다. 날 보자마자 혼자 학당을 지키는 것이 고역이었다며 징징거렸다. 그러더니 자랑스럽게 종이 뭉치를 내밀었다.

"눈에 보이는 것들을 죄다 적었어. 어때? 내가 이긴 거다?"

글자 놀이를 말하는 것이었다. 달포가 넘는 기간 동안 혼자 모았을 것을 생각하니 대견했다. 손에 잡히는 것이 제법 두툼했다. 사그락거리며 한 장 한 장 종잇장을 넘겼다. 양이 많아 읽는 데만도 한참이었다. 지난번과는 달리 눈에 띄는 것이 있었다. 군데군데 그려진 작은 그림이었다. 간간이 있는 것이 글자만 가득한 종이에 보는 재미를 주었다. 모은 말을 나누어 정리한 뒤 사이사이 그림을 넣으면 생각보다 유용하고 예쁜 자전이 만들어질 것 같았다. 모두 훑어본 뒤에는 의외로 만족스러운 웃음이 나왔다.

"그래, 네가 이겼어. 그림까지 그리다니 제법인걸."

늦단이가 헤벌쭉 웃으며 폴짝폴짝 뛰었다.

"심심해서 그린 거야. 글자만 있으니까 재미없잖아."

늦단이의 못 말리는 승부욕이 고마웠다. 내친김에 하루빨리 자전을 완성하고 싶었다. 조금 더 모아 다듬고 정리만 하면 될 것 같았다.

그로부터 며칠을 꼼짝하지 않고 자전 만드는 데에 매달렸다. 쓰임에 따라 나누어 적으면 늦단이가 그림을 그리는 식이었다. 고되기는 했으나 즐거운 일이었다. 애초에 잉글리시와 뜻만 적을 생각이었는데 해 놓고 보니 어딘가 아쉬웠다. 말의 쓰임이 충분히 전해지지 않을 것 같아서였다. 궁리 끝에 그런 것에는 문장을 덧붙여 놓았다. 그것 외에 잉글리시를 우리말로 '어떻게 옮겨야 하는가'는 줄곧 풀기 힘든 숙제였다. 사물의 이름을 그대로 적는 것은 문제 될 것이 없었다. 하지만 감정이나 느낌처럼 눈에 보이지 않는 것은 꽤 많은 생각을 해야 했다.

love[러브] 사랑, 진실로 좋아하는 마음

happy[해삐] 행복한, 충분히 기쁘고 만족스러운 마음

worry[워리] 걱정하다, 불안하고 속이 타는 마음

이런 과정에서 통변에 대한 고민이 늘었다. 하지만 적절한 말을 찾는 것은 의외로 재미도 있었다.

표지 한가운데에 'ENGLISH DICTIONARY (FIRST)'라고 적으니 그럴듯해 보였다. 이렇게 첫 번째 자전을 완성했다. 늦단이 역시 믿어지지 않는지 보고 또 보았다.

"잉그리시 딕셔너리 퍼스트."

내 말을 그대로 따라 읊던 늦단이 물었다.

"근데 퍼스트는 뭐야?"

"첫 번째라는 뜻이야. 앞으로 두 번째, 세 번째 자전도 만들어야지!"

늦단이는 내 말에 꺅 소리를 지르더니 드러누웠다. 힘들다며 부리는 엄살이었다. 그간의 과정을 지켜본 스크랜튼은 제 일처럼 감격했다.

"Excellent! Students need it."

"I hope so."

"Well, we have to see Mijin."

그녀의 말처럼 김 대감 댁에 가야 한다는 생각은 하고 있었다. 선뜻 내키지 않는 건 그날 김 대감과의 일 때문이었다. 피할 수 있다면 그러고 싶었다.

"But, I can't go tomorrow. I'll go to the bookstore and market with 늦단."

제 이름이 나오자 늦단이가 눈을 동그랗게 떴다.

"뭔데? 내가 어쨌다고?"

"시장에 가자, 약속대로 손거울 사 줄게."

뜻밖의 나들이에 늦단이는 신이 나는지 뱅글뱅글 주위를 돌았다.

다음 날, 날이 밝자마자 늦단이가 제일 먼저 일어나 채비를 마쳤다. 행동도 민첩하며 걸음도 빠르다. 게다가 지름길로 가겠다며 골목골목을 누볐다. 아무 걱정 없는 천진난만한 얼굴이 평화로웠다. 어쩐지 예감이 좋았다.

지난번 소금 세례를 받았던 잡화점을 지나쳐 다른 곳으로 들어갔다. 늦단이도 그때를 떠올렸는지 픽 하고 코웃음을 쳤다. 거울에 보이는 것은 똑같을 텐데 여러 가지 거울을 번갈아들고 제 얼굴을 이리저리 비추었다. 볼에 바람을 가득 넣기도 하고, 눈썹을 실룩거리기도 하면서 깔깔거렸다. 한참을 고민하던 늦단이는 결국 지난번 사려던 거울과 비슷한 것을 골랐다. 이제 책방에 들를 차례였다. 늦단이 치맛자락을 잡아끌었다.

"언니 혼자 다녀오면 안 돼? 난 근처에서 할 것이 있단 말이야. 응?"

"네가 시장 바닥에서 할 게 뭐가 있어? 아무튼, 알았으니 너무 멀리 가지 마!"

싫다는데 괜히 데리고 갔다가 징징대면 그것도 골치가 아플 터였다. 근처에 있으라고 한 뒤 발걸음을 옮겼다.

맑은 풍경소리가 들리는 책방은 한가했다. 주인이 퍼뜩 눈 뜨는 것을 보니 잠깐 졸고 있던 것 같았다.

"어서 옵쇼! 아, 왓슈?"

주인의 시큰둥한 태도는 신경 쓰이지 않았다. 그보다 자전에 대한 반응이 궁금했다. 다른 말은 않고 서둘러 한 권을 건넸다.

ENGLISH DICTIONARY (FIRST)

잉글리시만 적힌 표지를 본 주인은 여전했다. 하지만 그도 잠시였다. 한 장 한 장 넘기면서 놀라는가 싶더니 게슴츠레하던 실

눈이 점점 커졌다.

"오호라, 언문 자전 아니요? 참말로 만든 거요? 서너 권 더 해 주겠소?"

공들인 보람이 느껴지는, 고대하던 말이었다. 잉글리시를 배우는 사람들이 이 자전으로 공부한다고 생각하면 가슴이 뭉클해졌다. 그것은 단순히 돈을 버는 것으로는 가질 수 없는 그 이상의 감정이었다. 대답하지 않고 있자 초조했던 것일까, 주인이 가까이 다가와 흥정을 걸었다.

"값은 잘 쳐 주겠소. 한 권에 7전이면 되겠소?"

"한 냥은 받고 싶어요. 일단 만들어 볼게요."

내가 제시한 값에 주인은 손을 내저었다. 너무 비싸다는 뜻이었다. 그에 대해 실랑이할 생각은 없었다. 자전의 필요를 알았으니 일단 그것으로 족했다.

그런데 갑자기 주인이 자전을 밀쳐 버리고는 뛰쳐나갔다.

"나리 아니십니까. 그간 뜸하셨습니다. 어떤 걸 찾으시는지요."

"보던 일 마저 보시오. 난 천천히 둘러볼 테니……. 딕셔너리?"

분명 자전 표지를 보고 읽은 것이리라. 사내의 끝말에 반사적으로 시선을 돌렸다. 덥수룩한 수염의 낯익은 얼굴, 지난번 전기수의 말을 통변하던 역관이었다. 예기치 못한 자리였기에 가슴이 두근댔다. 그와 눈이 마주쳤고 난 황급히 허리를 굽혔다.

"들고 있는 그건 네 것이냐?"

손을 내미는 역관에게 조심스럽게 자전을 주었다. 그는 호기심 가득한 눈빛으로 자전을 읽기 시작했다.

"Can you speak English?"

역관은 뜻밖에도 잉글리시로 말을 걸었다. 이를 시작으로 한동안 대화가 이어졌다. 그가 묻고 내가 답하는 식이었다. 어디서 배웠는지, 무얼 하는지, 자전은 어떻게 왜 만들었는지 등 대부분 잉글리시에 대한 것이었다. 말이 오갈 때마다 머리카락이 주뼛했다. 신경이 곤두서 손바닥에 땀이 배었다. 아찔했으나 처음 느껴보는 즐거움이었다.

"Your English is very good! You look like an interpreter."

대화의 시작이 역관에 의해서였듯 끝도 그러했다. 그런데 통변가 같다는 칭찬을 듣다니, 얼굴이 붉어졌다. 역관은 책방 주인 쪽으로 몸을 돌렸다.

"열 권 주시오."

어리둥절하기는 나도 마찬가지였다. 주인은 이내 나를 쳐다봤다.

"한 권이 전부라……, 열 권은 한참 걸릴 듯합니다."

"기다릴 테니 만들어 보거라. 값은 두 냥씩이면 되겠느냐."

열 권도 놀라운데 두 냥이라니. 스무 냥이면 쌀 몇 가마를 살 만한 돈이었다. 난 슬며시 번지는 웃음을 감출 수 없었다.

"되고 말고요, 나리 감사합니다."

"이 영특한 처녀가 책방 단골입지요. 이번에 톡톡히 일을 벌이 더니 나리께서 알아봐 주시는군요. 자전이 꽤 괜찮지요?"

조금 전과는 다른 주인의 태도가 뜬금없어 얼굴이 화끈거렸다.

"말이 아주 많지는 않지만, 초심자에게 유용하지 싶소. 게다가 언문 자전이니 문자를 모르는 이나 외지인에게 귀하지 않겠소? 귀한 것은 값어치 있게 알아보는 것이 덕이오."

글 꽤나 아는 이라면 언문 자전이기에 가볍게 여겼을지도 모른다. 허나 찹쌀떡 장수라는 그의 배경이 다른 마음을 품게 했을지도 모른다는 생각이 들었다. 역관의 한 마디 한 마디는 가뭄의 단비보다 더욱 귀하게 여겨졌다.

무얼 바라고 시작한 것이 아니었다. 필요해서 간단히 적고 정리한 것이 시작이었다. 책방에서 우연히 본 자전에 실마리를 얻었고 스크랜튼과 늦단이의 도움으로 완성할 수 있었다. 기대 이상의 수확에 얼떨떨할 따름이었다.

"힘들겠지만 정진하거라."

책방을 나서던 역관이 뒤돌아 말했다. 마치 내 사정을 훤히 알고 하는 말 같았다. 용기 내어 뒤를 쫓아갔다.

"나리처럼 되고 싶습니다."

"이미 하고 있지 않느냐."

"아직 멀었습니다. 그다음을 모르겠습니다."

"누가 그걸 알겠느냐. 나도 몰랐다. 아직도 모르겠고. 그저 하고 또 하는 수밖에. 그것이 곧 길이더구나. 다만 우물 안 개구리는 되지 말거라. 많이 보고 들어야 통변도 잘하는 법이다."

그러고는 가던 길을 갔다.

흥분으로 가슴이 거칠게 뛰었다. 늦단이에게 이 소식을 전하고 싶었다. 그런데 늦단이가 보이지 않았다. 근처에 있으라고 했는데 아무래도 멀리 간 모양이었다. 시장 안쪽 가게까지 기웃거렸으나 허사였다.

"돌아간 건 아닐 테고, 대체 어디 있는 거야?"

슬슬 부아가 나 듣는 이도 없는데 하소연했다. 담을 따라 걷다

보니 뒷골목으로 접어들었다. 인적이 드물어 돌아 나가려던 참이었다. 그런데 옥신각신하는 소리가 들려 걸음을 멈추었다. 그 와중에 늦단이의 목소리가 들렸기 때문이다. 살금살금 다가가 보니 늦단이가 아이들 두세 명에 둘러싸여 있었다.

"그동안 어디 있었어? 행색을 보니 혼자서 잘 먹고 잘 지냈구만. 어서 왕초한테 가자!"

더벅머리 사내아이가 늦단이의 어깻죽지를 힘껏 쥐었다. 기껏해야 열 살이 조금 넘어 보였는데, 건들거리는 모습에 눈살이 찌푸려졌다.

"내 주머니 어디 있어? 그거 꼭 필요하단 말이야!"

"이거 말하는 거야?"

더벅머리가 허리춤을 뒤적이더니 주머니를 꺼내어 보였다. 손때가 묻어 거뭇했지만 분명 내 것이었다. 순간 지켜보고 말고 할 것도 없었다. 화가 머리끝까지 올라 나도 모르게 뛰쳐나갔다.

늦단이의 머리 위에서 주머니를 달랑거리던 더벅머리가 흠칫 놀라더니 뒤로 자빠졌다. 난 그때를 놓치지 않고 달려들었다. 생각했던 대로였다. 홑겹의 주머니는 턱없이 가벼웠다. 허탈했다. 주머니를 팽개친 채 손바닥으로 더벅머리를 찰싹찰싹 때렸다.

"너, 그게 어떤 돈인 줄 알고. 내놔, 당장 내놓으라고!"

"달라는 걸 줬는데 대체 왜 그러는 거야!"

기막힐 노릇이었다. 싹싹 빌지는 못할망정 억세게 나를 밀쳤다. 내가 나가떨어지니 늦단이가 잽싸게 덤볐다. 그러고는 더벅머리의 팔뚝을 물었다.

"아아악! 이거 놔, 놓으라고!"

더벅머리가 소리쳤다. 다른 손으로 늦단이의 뒤통수를 마구 쳤다. 그런데도 늦단이는 악착같았다.

"뭐 하고 있어? 얘 좀 얼른 떼 내지 않고! 아악!"

더벅머리의 성화에 어쩔 줄 몰라 하던 아이 둘이 그제야 움직였다. 늦단이 또래로 보였지만 그래도 사내아이였다. 늦단이 혼자서 둘을 당해 낼 수는 없었다. 내동댕이쳐지자마자 거침없는 발길질이 쏟아졌다. 더 이상 앞뒤 가리며 구경만 할 수 없었다. 일단 달려들어 웅크린 채 신음하는 늦단이를 감쌌다. 발에 차일 때마다 헉 소리가 나왔다.

"너희, 시장 왈패들인 거 다 알아. 썩 물러가지 않으면 포도청에 고해 버릴 테야. 뒤탈이 무섭지 않아?"

악을 써서인지, 포도청이라는 말 때문인지 발길질이 멈추었다.

주춤하며 서로 눈치를 보더니 그대로 달음박질했다. 이제 되었다 싶었으나 긴장 탓인지 여전히 숨이 가빴다. 거친 숨소리가 잦아드는 데에 시간이 걸렸다.

"정신이 들어? 위험하게, 어쩌자고 그런 거야?"

"언니 돈 돌려주고 싶었어. 그런데……."

늦단이가 흙 묻은 주머니를 보며 울먹였다.

"괜찮아. 바보같이 그것 때문에 나 혼자 책방에 가라고 한 거야?"

늦단이의 모습은 말이 아니었다. 입가가 벌겋게 부어오른 데다 손등 여기저기에 상처가 나 있었다. 더벅머리에게 두들겨 맞은 머리는 산발이었고, 옷은 발에 차여서 흙투성이였다.

"이 얼굴을 어쩌면 좋아. 배도 아플 텐데……. 걸을 수는 있겠어?"

"아프지만 참을 만해. 왈패들이랑 있을 때는 더 많이 맞았거든."

"……."

내가 모르는 늦단이의 버거웠을 삶에 가슴이 헛헛했다.

"다시는 왈패들 만나지 마. 돈주머니는 이제 잊어버려."

늦단이는 더 이상 뻗대지 않았다. 그럴 기운이 없을 것이었다.

부축하고 쉬어 가며 겨우겨우 학당에 도착했다.

　스크랜튼은 엉망이 된 늦단이를 애지중지 살폈다. 그리고 나서 자전에 대해 물었다. 처음 자전을 만들겠다는 생각은 내가 했지만, 그녀의 도움이 없었더라면 그려지지 않았을 그림이었다. 스크랜튼은 철자와 발음, 게다가 문장까지 마치 자기 일처럼 꼼꼼히 살펴 주었다. 그녀는 더할 나위 없이 든든한 조력자였다.

　역관의 이야기를 전하며 난 흥분을 감추지 못했다. 이런 일이 내게 벌어지다니, 꿈을 꾸는 것만 같았다. 또한, 인정받았다는 사실에 더 잘 해내야겠다는 의욕이 충만했다. 하지만 늦단이는 달랐다. 아홉 권이나 더 만들어야 한다는 말에 설레설레 머리를 흔들었다. 한 권도 못 만든다며 혀를 내둘렀다.

　"진짜? 정말 안 도와준다고? 왜 자꾸 누구에게 맞은 것처럼 온 몸이 아프지."

　왈패들에게 차인 곳을 만지며 앓는 시늉을 하자 늦단이가 울상을 지었다. 그러더니 마지못해 고개를 끄덕였다. 늦단이와 함께 당분간 자전에 정성을 기울여야 할 것이었다. 스크랜튼의 눈치를 살핀 후 어렵게 말을 꺼냈다.

　"I can't meet mijin because of dictionary."

자전 때문에 가기 힘들다고 했지만, 그것이 전부는 아니었다.

어머니의 면천을 청하던 날 아기씨의 눈빛에 마음이 편치 않았다. 이제는 면천에 대한 희망을 버려야 했다. 그런데 쉽지 않았다. 그러려면 시간이 필요했다.

세 번째 학생

모처럼 제중원에 들렀다. 아델라는 지난 역병 때 도와주어 고맙다며 차를 내어 주었다. 늘 대접하기만 했지 대접받아 보기는 처음이었다. 기분이 묘했다. 그런데 의외로 말이 잘 통했다. 특히 미리견에 대한 이야기는 흥미로워 듣다 보니 어느새 해 질 무렵이 되어 버렸다.

미리견의 여인들은 무엇을 먹고 어떤 공부를 하는지, 옷의 쓰임새는 물론 혼인은 어떻게 하는지 등등 말하자면 한참이었다. 그녀들도 조선 여인들처럼 옷을 짓고 수를 놓거나 학문을 익혔다. 또, 밥을 짓고 가족을 돌봤다. 조선이나 미리견이나 여인들의 사는 모습이 비슷하다는 내 말에 아델라는 검지를 양옆으로 흔들었다.

"But there is a little difference. Everyone is free in America."

"Free?"

선뜻 이해되지 않아 되물었다.

"Yes, they can go anywhere they want, they can do whatever they want."

가고 싶은 곳이나 하고 싶은 것을 마음껏 할 수 있다는 free의 의미를 알고 나서야 아델라의 의중을 파악했다. 그런데 쉽게 믿어지지 않았다. 모두가 자유롭다니, 어떻게 그것이 가능하단 말인가.

"And everyone is equal. In America you and Mijin is equal."

equal, 즉 동등하다는 뜻에 화들짝 놀라 주위를 흘끔거렸다. 누가 들으면 경을 칠 소리였다. 면천되었다지만 노비만 아닐 뿐, 결코 아기씨와 같을 수 없었다. 그녀는 내 염려는 미처 모르는 듯했다. 그저 전부터 하고 싶은 말인 것처럼 말을 늘어놓았다.

미리견도 예전에는 남녀에 대한 대우가 달랐으며 조선의 노비와 같은 이들이 있었다고 한다. 노비에 대한 옳고 그름 때문에 전쟁이 일어났고, 마침내 많은 이들이 신분이라는 굴레에서 벗어나게 되었다고 한다. 물론 기존의 생각을 떨쳐 버리지 못해 그로 인한 어려움도 있다고 했다.

덧붙여 수십 일 동안 배를 타고 조선으로 온 이야기도 늘어놓았다. 귀가 솔깃한 모험담이었다. 끝이 없어 보이는 바닷길을 달리는 것을 잊을 만할 때쯤 조선에 다다랐다며 긴 여정에 손사래를 쳤다. 그녀는 기억을 더듬는 듯했다. 바다가 하늘 같다며 아침이면 햇빛에 반짝거려 숨이 막힐 듯 아름답지만, 어둠이 내리면 깊이를 알 수 없는 빛깔에 두려움이 느껴진다고 했다.

"Why don't you go there?"

미리견에 가겠냐는 그녀의 말이 실없어 눈이 휘둥그레졌다. 한양 땅을 벗어난 적조차 없는 내게 터무니없는 소리였다. 하지만 상상은 환술 같았다. 배를 타고, 짙은 하늘 같다던 바다를 누비며 미리견이라는 땅에 발을 딛게 해 주었다.

"You can do anything you think! Everyone is equal in America."

반상의 구별이 없는 나라이기에, 내가 할 수 있는 건 무엇이든지 가능하다니! 하늘 아래 어찌 그리 다를 수 있단 말인가. 말로 들어도 쉽사리 그려지지 않았다.

"But how? It's difficult for me."

난 혀를 내둘렀다. 아무리 좋은 나라라 한들 내게는 오르지 못할 나무였다. 그래서인지 실없는 웃음이 나왔다. 그런데 그때 늦단이가 허둥거리며 뛰어 들어왔다.

"언니, 학당에…… 아기씨가 오셨어. 스크랜튼도 없고 나 혼자라서."

늦단이의 말소리가 숨에 가빴다. 아무리 제멋대로인 늦단이라도 이런 일을 허투루 전할 리는 없었다. 뜻밖의 일은 설렘보다 두려움을 안겨 줬다. 광대 불룩한 김 대감과 비쩍 마른 어머니의 얼굴이 잇따라 떠올랐다. 하지만 도통 이유는 풀리지 않았다. 심상치 않은 조짐에 서둘러 학당으로 들어갔다. 아기씨는 적당히 자그마한 학당의 마당을 거닐고 있었다.

"아기씨, 찾아뵙지 못해 죄송해요."

"아니다, 잘 지냈느냐. 네가 통 소식이 없어서 말이야. 그래서 앞으로 이곳에 자주 올까 한다."

무슨 말인지 종잡을 수 없었다. 할 말을 찾지 못해 머뭇거리는 차에 다행히 아기씨가 말을 이었다.

"잉글리시 말이다. 이곳에서 배우겠다고 아버지께 말씀드렸다.

내가 당신 뜻에 따르겠다는데 다른 말씀을 하시겠니."

아기씨가 잉글리시에 대해 마음이 달라졌다는 것은 지난번에도 느꼈다. 그런데 학당에서 하겠다는 점은 의외였다.

"수고스러우실 거예요. 제가 댁으로 갈게요."

"아버지 보기 힘들잖아. 네가 한 말 들어서 알고 있어. 나를 담보로 어머니의 면천을 걸었다지. 괘씸하지 뭐냐, 하하."

송구했다. 아버지의 목숨값으로 어머니의 면천을 내건 김 대감과 나는 다를 바 없었다.

"제가 감히……. 죄송합니다."

"아니다. 괜찮아. 유모에 대한 네 효심인 걸 알아. 제중원에서 죽은 듯 누워 있었을 때, 드문드문 말소리가 들렸어. 꿈인가 싶었는데 생시였지. 살아나라고, 아버지 어머니께 같은 상처를 주지 말라고 네가 말하지 않았니. 누구보다 내가 깨어나길 바랐다는 것도 알아. 그래서 버텼어. 그러다 오라버니를 보았지."

강진 도련님 이야기에 코끝이 찡했다. 아기씨도 같은 마음이었던 것인지 잠깐 말을 쉬었다.

"너 때문에 오라버니가 죽었다고 했지만, 아니라는 거 안다. 내가 어깃장을 부렸다는 것도. 그때, 너를 윽박지른다고 죽은 이가 돌아오는 것도 아닌데 말이야. 이제는 마음에 담아 두었던 오라버니를 보내 주고 싶구나."

아기씨의 말에 그간의 아픔이 사그라들었다. 동시에 어머니의 면천이라는 꿈도 접어야 했다. 더 이상 고집하는 것은 아집이라는 것을 알았다. 그런데 이전만큼 절망스럽지 않았다. 마음에 쌓였던 지난날의 웅어리가 조금씩 희미해지기 때문이었다.

미진 아기씨를 본 스크랜튼은 걱정스러운 표정을 지었으나 진심을 전해 듣고는 와락 껴안았다. 당황하는 아기씨의 얼굴에 웃음이 절로 나왔다. 스크랜튼은 연신 등을 토닥이며 이런저런 말을 늘어놓았다. 나는 재빨리 통변했다.

"잘 생각했다며 아기씨가 자랑스럽대요. 학당의 세 번째 학생이지만, 아기씨 덕분에 학생이 점점 더 늘어날 거라고요."

맞는 말이었다. 첫 물꼬를 트는 것이 가장 힘든 법이었다. 앞으로 아기씨가 버텨 준다면, 잘만 해 준다면 뒤따르는 양반집 규수들이 늘어나는 것이 순리였다.

"쇠뿔도 단김에 빼라지 않더냐, 얼른 시작하자꾸나. 어디로 가면 돼?"

새 학생이 생기다니, 그것도 아기씨라니! 꿈조차 꾸지 못한 일에 기분이 이상했다. 학당으로 들어가 스크랜튼과 아기씨가 마주했고, 나는 아기씨의 왼편에 자리 잡았다. 이전까지 통변을 주로 했다면 오늘부터는 통변과 학습을 함께할 수 있기에 은근히 기대되었다.

아기씨는 주위를 둘러보고는 머리를 갸웃거렸다.

"내가 세 번째라고 하지 않았어? 한 명은 어디 있는 거야?"

"제가 첫 번째고 두 번째는 늦단이에요. 아까 보신 여자아이요."

마침 방 안을 기웃거리던 늦단이와 눈이 마주쳤다. 늦단이는 후다닥 발소리를 내며 달아나 버렸다.

"천진난만한 아이예요. 부산스럽기도 하고요. 함께하기는 아무래도 불편하시겠지요?"

"아이란 원래 그렇지 않느냐, 괜찮다."

유리창으로 들어온 햇빛이 아기씨의 얼굴에 쏟아졌다. 살짝 찡그리는 모습이었지만 화사했다.

"바깥이 보이니 좋구나."

"유리창이에요. 서양에서는 창호 대신 이렇게 한답니다. 햇빛이 싫으면 커튼을 치면 돼요. 아, 커튼은 햇빛 가리개예요."

"How are you?"

스크랜튼의 나긋한 목소리가 더해져 분위기가 한층 아늑해졌다.

"기분이 어떠냐는 말입니다."

"좋다. 햇볕도 따뜻하고 모처럼 새로운 곳에 오지 않았느냐."

"She's good. The sun is warm, and new place is good."

sun을 말하며 해를 가리켰고, good을 말하며 엄지를 올렸다.

그밖에 감정과 관련된 말을 익혔다. 자전을 펴는데 아기씨가 흘끔거렸다.

"자전이에요. 모르는 말을 찾을 수 있어요."

"신통하게 그런 것도 있구나."

"In English, it's a dictionary. Byeori made it."

내 이름이 나오자 갑자기 부끄러워졌다. 아기씨가 호기심 어린 눈을 끔벅거렸다.

"영어로 딕셔너리라고 해요. 제가 만들었어요."

"대단하구나. 나도 한 권 다오."

만든 건 한 권인데 필요한 것은 열한 권이었다. 늦단이랑 나도 한 권 가지려면, 못해도 열세 권은 마련해야 했다.

"제게 좋은 생각이 있어요. 아기씨 것은 아기씨가 직접 만드는 건 어때요? 그림은 늦단이가 그릴 거예요. 아기씨는 글만 쓰면 됩니다."

"설마 내 것은 만들기 귀찮은 거야?"

"그럴 리가 있겠어요. 단지 잉글리시를 익히는 데 도움이 되기에 그런 거예요."

정색하는 아기씨에게 서둘러 변명했다. 혹시 전처럼 골을 내면 어쩌나 싶어 눈치를 살폈다. 그런데 다행히 웃고 있었다.

"하하, 농이다. 한번 해 보자꾸나."

함께할 생각에 곱절로 흥이 올랐다. 수업을 마친 아기씨가 돌아가자마자 늦단이가 나타났다. 셋이 함께 공부하고 자전도 만들 거라는 말에 펄쩍 뛰었다. 아기씨가 무섭다는 것이었다. 내가 호되게 당하는 것을 지켜봤기에 그런 것일지도 몰랐다.

"큰일이네. 아기씨 자전에는 그림을 빼는 수밖에 없겠어. 분명 서운해하실 텐데……."

일부러 곤란한 체하며 근심을 내비쳤다. 늦단이는 못 들은 체하며 딴청을 피웠다. 겉으로는 아닌 척해도 속으로는 고민하고 있을 것이었다. 지금도 똥 마려운 강아지마냥 주위를 맴도는 것을 보면 알 수 있다.

"하는 수 없네. 시합은 아기씨랑 둘이 해야겠어."

손바닥을 비비적거리던 늦단이가 고개를 번쩍 들었다.

"무슨 시합?"

"누가 빨리 완성하나 보는 거지. 아기씨랑 너랑 나랑 셋이 하려
고 했거든."

그렇게 말을 꺼낸 뒤, 속으로 셋도 채 세기도 전이었다.

"할래!"

"그래, 네 그림이 빠지면 섭섭하지. 이제 바꾸기 없기야."

"대신 내가 이기면 붉은 댕기 사 줘."

"내가 이기면…… 소원 들어주기!"

"무슨 소원?"

"몰라, 아직은 없어."

늦단이가 시시하다며 입을 삐죽거렸지만 괜찮았다. 오늘은 학
당의 세 번째 학생을 맞은 대단한 하루였다.

가고자 하나 갈 수 없는

아침부터 제중원으로 향했다. 아델라를 위해 마련한 서책을 전하기 위해서였다. 며칠 전 책방에서 자전 값을 넉넉히 받았다. 그간 미안함과 감사한 마음에 보답하고 싶었는데, 마침 언문 소설이 눈에 띄어 주머니를 털었다. 한양에 온 첫날, 언문 소설을 한 아름 집어 들던 그녀를 생각하면 그야말로 안성맞춤이었다.

"Have you finished the book you bought earlier?"

외지인인 그녀에게 대답을 기대하며 물은 말은 아니었다.

"초금, a little bit."

아델라가 엄지와 검지를 약간 오므리면서 눈을 찡긋했다. 난 놀란 토끼 눈을 했다.

"You said 초급? Can you speak……?"

"Well, I'm studying little by little."

"Amazing! Why didn't you tell me?"

그녀가 우리말을 공부하는 줄은 전혀 몰랐기에 은근히 서운했다. 이런 속내를 느꼈던 걸까. 아델라는 환자가 많을 때마다 내 도움을 받을 수 없으니 시작한 것이라고 했다. 덧붙여 얼마 되지 않았다며 묻지도 않은 답을 늘어놓았다. 한편으로는 그녀가 우리말을 배우는 데 도움을 주고 싶었다. 언어란 나라의 문화와 관습이 담긴 것이기에 글만으로는 전해지지 않는 부분이 있기 때문이었다.

"Ask me, if you don't know anything. I'll help you."

"Really? Thank you. You'll be a good teacher."

스승이란 말에 부끄러워 얼굴이 붉어졌다. 단지 아는 것을 나누고 싶을 뿐이었다. 타국에서 의술을 펼치는 것에 그치지 않고 조선말까지 배우려는 그녀에게 한계란 없어 보였다. 그녀는 끊임없이 힘써 나아가고 있었다. 반면에 나는 그러고 싶은 마음은 있으나 좁은 공간에서 매일 제자리 뛰기를 하는 것 같았다. 내게 있어 다음은 무엇인지 어떻게 나아가야 할지 몰라 발만 동동 구르는 느낌이었다. '힘들겠지만 정진하라'는 역관의 말이 다시금 상기되었다. 이런저런 생각에 괜스레 기운이 빠지던 참이었다.

"Why don't you go to America to study? I recommended you to the church in America."

지난번에 했던 말이었다. 그런데 조금 달랐다. 교회에 나를 추천했다니 이건 무슨 소린가 싶었다. 도통 이해가 되지 않는 눈빛으로 그녀를 바라봤다.

"Well, we decided to send someone to America as an interpreter. It's you."

미리견에 나를 보내기로 결정했다는 말을 듣고 있으면서도 도무지 실감이 되지 않았다. 그녀는 역병이 돌았을 때, 마지막까지 제중원에 머물며 통변하던 내 모습이 기억에 남았다고 했다. 미리견까지 오가는 뱃삯과 교육비는 걱정하지 말라며 약간의 여비만 있으면 된다고 했다. 대신 다녀온 후에는 제중원에서 몇 년간 머물러 줄 것을 제안했다. 꿈결에 받은 선사품 같았다. 무슨 말이라도 해야 하는데 얼른 말이 나오지 않았다. 얼빠진 이처럼 멍하니 있을 뿐이었다. 그러다 확인하듯 물었다.

"Can I go to America?"

"Yes, that's it! If you want to be an interpreter, it's a good opportunity!"

그녀 말대로 통변가를 꿈꾸는 내게 미리견에 가는 건 더없이 좋은 기회였다. 어쩌면 우물 안 개구리에서 벗어날 수 있을지도 모를 일이었다. 허전하던 마음이 채워질 수도 있을 터였다. 그렇지만 쉽게 대답하지 못했다. 제일 먼저 어머니 생각이 들었고, 그럴 만한 여윳돈도 충분치 않기 때문이었다. 더구나 가게 될 곳은 조선 팔도 바깥이었다. 이웃한 대국도 아닌 미리견이라니 멀어도 너무 멀었다. 그런 생각을 하니 덜컥 겁도 났다.

이런저런 이유가 뒤엉켜 마음이 복잡했다. 미리견은 가고 싶으나 갈 수 없는 곳이었다. 며칠의 말미를 받았으나 의외로 결정은 빠르게 내려졌다. 하지만 시시때때로 마음은 중심을 잃고 흔들렸다. 그러지 않으려 해도 아델라와 나누던 이야기가 자꾸만 곱씹어졌다. 배를 타고 끝을 알 수 없는 바다를 건너온 일, 조선 땅에 발을 딛던 느낌, 미리견의 여인들과 보낸 그곳의 나날에 대해서. 그럴수록 미련이 일었다. 희망이 있다면 한 가닥의 실이라도 붙잡고 싶었다. 하지만 그럴 수 없음을 알기에 자꾸만 긴 한숨이 쉬어졌다. 아델라는 망설일 이유가 없는 기회라며 줄곧 말했지만 난 시원스레 대답할 수 없었다.

학당에 돌아와 깨끗한 마당을 괜스레 쓸었다. 잡생각을 없애기 위함이었다. 사사삭거리는 비질 소리를 들으며 먼지가 이는 땅을 고개 숙여 바라보았다. 줄곧 제자리에서 비질하고 있다는 사실을 깨닫고는 멈추었다. 무성한 나뭇잎 사이로 보이는 하늘이 푸르렀다.

"감이라도 떨어진대? 뭘 그리 보는 거야?"

미진 아기씨였다. 언제 왔는지 내가 바라보는 쪽으로 눈길을 돌린 채였다.

"미리견에 가 보고 싶으십니까?"

내 입에서 나왔지만 뜬금없는 물음이라고 생각했다. 아기씨가 샐쭉 눈을 흘겼다. 그곳이 지척이냐며, 가당키나 한 말이냐며 퉁을 주었다. 그러더니 내가 그랬던 것처럼 먼 곳으로 시선을 돌렸다.

"온통 잉글리시만 들리는 세상은 어떨지 궁금하구나. 두렵기도 하고."

"조선말은 하지 못할 테니, 다녀오면 실력이 한층 좋아지겠죠? 새로운 것들 천지이니 배우는 것도 많을 테고요."

"그렇겠지. 너는 두렵지는 않은 것이야?"

"두렵지만, 가기만 한다면 분명 어떻게든 버텨 낼 거예요. 김 대감님 댁을 나올 때 한 번 겪어 봤잖아요. 조선 바깥이니 더욱 고되겠지만. 아기씨, 그거 아세요? 미리견에는 신분이 없다고 합니다. 아기씨와 제가 친구가 될 수 있는 나라예요."

새로 맞이하게 될지도 모를 세상을 떠올리니 흥이 올라 한 말이었다. 가까워지고 싶다는 뜻이었으나 곡해의 여지가 있었기에 아차 싶었다.

"어찌 그런 나라가 있더냐. 양반이나 천민의 구별이 없다고? 앞선 나라에서는 그렇게 하는가 보구나. 벼리 네 얘기를 들으니 나도 한번 가 보고 싶어."

이전의 아기씨라면 길길이 성을 내었을 텐데 지금은 그렇지 않았다. 그간 닫혀 있던 마음의 빗장을 어떻게 풀어낸 걸까. 덕분에 멀게만 느껴지던 아기씨가 부쩍 가깝게 다가왔다.

"미리견에서 잉글리시를 배우면 좋겠어요. 그곳에서는 저 같은 이도 노력하면 원하는 걸 이룰 수 있겠지요? 통변가로서 견문도 넓어질 거예요."

"그렇겠지. 원하는 걸 이룰 수 있다니 마음이 끌리는구나. 그런데 미리견은 갑자기 왜?"

"아델라가 미리견에 가겠냐고 물었어요. 한데 어머니도, 돈도, 늦단이도 걸려요."

입 밖으로 내뱉으니 앞에 닥친 현실이 피부에 와 닿았다. 잠깐, 아무 말도 오가지 않았다. 미진 아기씨는 믿지 못하겠는지 눈을 크게 뜬 채로 고개를 갸웃거렸다.

"정말? 너무 좋은 기회잖아. 망설일 것이 무엇이야? 그곳에서 영영 살 것도 아니잖아. 안 되는 이유 말고 되는 이유를 생각해. 벼리 넌 잉글리시도 잘하고 당차지 않니."

"하하, 제가 당찬가요?"

"그럼, 그러니 우리 집에서 나가 지금껏 버틴 거야. 너만 모르지, 다들 아는 사실을……."

"과찬이세요. 설사 그렇다 한들 미리견은 너무 먼 곳이네요."

"잘은 모르겠지만, 통변가란 모름지기 두루 알아야 하는 것 아니냐. 조선에 있다고 통변을 못 하는 것은 아니지만, 미리견에 다녀오면 누구와도 다른 너만의 병기가 생기겠지. 나도 그런 것 하나 갖고 싶구나."

아기씨의 말이 생각을 부채질했다. 가야 할 이유나 가지 말아야 할 이유나 합당하지 않은 것이 없었다.

바람이 스산하게 불어서인지 아기씨가 학당 안으로 들어갔다. 비를 내려놓고 홀로 툇마루에 앉았다. 어디서인지 새 한 마리가 날아와 붉은 감을 맛깔스럽게 쪼아 먹기 시작했다. 마치 세상에 단 한 개 남은 감인 것처럼. 바람이 일어 나뭇가지가 흔들거렸는데도 아랑곳하지 않았다. 절대로 놓칠 수 없다는 듯 한참을 그렇게 쥐고 있었다.

역관의 말을 수없이 곱씹어 보았다. 그럴수록 내겐 천금 같은 기회라고 여겨졌다. 그런데도 선뜻 움켜쥐지 못하는 까닭은 그보다 소중한 것이 있기 때문이었다. 생각은 시간을 거슬러 올라갔다. 학당에 들어오기 전부터 지금까지를 되돌아보았다. 아버지의 죽음, 면천, 주막 살이, 학당, 통변가, 자전까지. 그간의 시간은 거칠고 울퉁불퉁했지만 하나의 길을 이루고 있었다.

"언니, 어서 안 들어오고 뭐 해? 다들 기다리고 있어."

푸드득, 마침 날아가는 새의 날갯짓이 시원스러웠다.

아기씨는 스크랜튼과 마주 앉아 있었다. 공부가 시작되었다. 통변해야 하는데 자꾸만 놓쳤다. 늦단이가 여러 번 눈치를 주었는데도 정신이 모이지 않았다. 딴생각이 머릿속을 휘젓고 다녔다. 잉글리시가 귀에 들어올 리 없었다. 머릿속은 온통 미리견에 대한 생각뿐이었다. 고민을 거듭했지만, 답은 매번 같았다. 내게 미리견은 벅찬 선택이었다. 자전을 만들고 통변하는 것은 분명 즐거웠다. 그것에서 의미를 찾기로 했다. 그러고 나니 억지로라도 체념이 되었다.

공부 시간 내내 넋을 놓고 있었는데도 스크랜튼은 달리 이유를 묻지 않았다. 나를 보내기로 한 것에 대해 이미 이야기가 되었을 거라는 생각이 들었다. 서책을 덮는 스크랜튼에게 대뜸 이야기했다.

"I can't go to America……, sorry. I'll just make dictionary…… and interpret here."

말하는 도중 몇 번을 멈칫했다. 이곳에서 통변하겠노라고, 미국에 가지 않겠노라고 말하는 것은 생각만큼 어려웠다. 그럴 줄 알면서도 서둘러 내뱉은 까닭은 다른 누구도 아닌 나 자신에게 결심을 확고히 하기 위해서였다.

오가는 말에 무언가 이상한 낌새를 눈치챘는지 늦단이는 내 치맛자락을 붙잡았다. 아마도 미리견에 간다는 말은 알아들었을 것이다. 금방이라도 눈물을 뚝뚝 떨굴 기세였다. 어디도 가지 않

을 것이라는 내 답을 듣고 나서야 치맛자락을 쥐었던 손에 힘을
풀었다.

"Ok, but tell me if you change your mind."

스크랜튼의 목소리는 너그러웠다. 마음이 바뀌면 언제든지 말
하라는 것은 나를 위한 배려였다.

"I don't change."

그럴 리 없다고 말은 단호히 했지만, 여전히 마음은 오락가락
했다. 미리견에 간다고 생각하면 어머니가 걸렸고, 가지 않는다
고 생각하면 마음 한구석이 휑했다. 어느 쪽이든 둘 다 가슴이
쿵 내려앉았다.

이해의 한 걸음

그 뒤로 몇 번, 해가 지고 달이 떴다. 김 대감 댁으로 향하는 걸음이 유독 느렸다. 생각이 많아서였다. 며칠 전, 미진 아기씨의 말은 전혀 예상하지 못한 일이었다.

"벼리 네 말을 듣고 생각해 봤어. 나 말이야, 미리견에 갈까 해."

"예에?"

그때는 가슴이 철렁했다. 다른 말도 쉽사리 나오지 않았다. 그간 고민했던 시간이 덧없게 느껴졌다. 애초에 그 자리는 내 것이 아니었다. 처음부터 아기씨에게 권했더라면 순조롭게 풀렸을 것을, 내 것이라고만 생각한 것이 부끄러웠다. 무엇보다 아기씨가 원하는 길을 막을 수는 없었다. 서운했지만 짐짓 태연한 표정을 지었다.

"아기씨라면 분명 잘하실 수 있을 거예요."

"그렇게 말해 주니 고맙구나. 그런데……, 네가 동행해 주어야 안심이 될 거 같아."

처음 아델라에게 미리견행을 제안받았을 때만큼 낯선 말이었다.

"예? 설마……."

"그래, 같이 가자는 말이야."

미진 아기씨가 웃으며 고개를 끄덕였다. 얼굴이 붉은 것이 다소 들뜬 표정이었다. 난데없는 말에 의아했다. 내게 있어 선택지는 가거나 말거나 두 가지였다. 아기씨와 함께 가는 것은 생각도 하지 못했다. 내 의지와 상관없이 가슴이 벌떡거렸다.

"나만의 병기로 하고 싶은 것을 찾았거든. 아버지께 허락받으려면 네 도움이 필요해. 그러니 집으로 와 주려무나."

어떻게 도울 수 있을지 모르지만 마다해서도, 마다할 이유도 없었다. 진실로 기꺼웠다. 문득 아기씨의 병기란 무엇일까 궁금했다. 그런데 생각을 이을 새도 없이 탄성이 흘러나왔다.

'아! 어머니……'

미리견에 대한 마음을 접은 데는 어머니에 대한 걱정이 가장 컸다. 그런데 흥분한 나머지 까맣게 잊고 말았다. 스스로가 한심해 머리를 쥐어박았다.

"어머니 걱정은 접어 둬. 너랑 나 둘을 위한 것이니 무조건 내 편만 들어줘."

미진 아기씨가 내 마음을 모를 리 없었다. 그런데도 재차 당부하는 모습이 의아했다.

'아기씨는 왜 미리견에 가려는 걸까, 김 대감에게 어떻게 허락을 받으려는지……. 내가 도울 건 또 뭐고. 그래서 벼리 넌, 어떻게 하려는 건데.'

이런저런 질문들은 돌고 돌아 결국 나에게로 돌아왔다. 아기씨의 일처럼 보이지만 철저히 나의 일이었다.

"도대체 무슨 일이야."

김 대감 댁이 자리한 골목에 들어서던 참이었다. 갑자기 들려오는 어머니 목소리에 화들짝 놀랐다. 언제부터 나와 계셨던 것일까. 종종거리며 달려 나오는 모습을 보니 한참을 서성였던 듯싶다. 어머니는 이맛살을 쪼그라뜨리며 당신의 걱정을 늘어놓왔다.

"대감님이 너를 기다린다니, 무엇 때문인지 걱정이 돼서……. 또 면천이니 뭐니 쓸데없는 말을 한 것이야? 내 걱정일랑 말아. 난 이곳이 좋다. 괜찮아."

"그런 거 아녜요. 별일 아니니 염려 마셔요."

같은 말을 두어 번 듣고 나서야 어머니는 길을 비켜섰다. 등 뒤로 나지막이 들리는 한숨에 가슴이 아팠다.

사랑채로 들어가려던 김 대감과 마주쳤다. 미진 아기씨와 함께였는데, 무슨 이야기를 나누었는지 얼굴색이 밝았다. 한 번 아기씨를 잃을 뻔해서인지 바라보는 눈빛이 이전과는 달랐다. 그러나 그도 잠시, 나를 보고는 이내 웃음기를 거두었다.

"넌 어쩐 일로?"

"아버지께 드릴 말씀이 있어서요. 벼리도 관련된 일이라 제가 오라고 했어요."

미진 아기씨가 앞서 대답해 주었다. 김 대감은 더는 묻지 않았다. 내게 미덥지 않은 눈빛을 보내고는 안으로 들어갔다. 아기씨는 김 대감을, 나는 아기씨를 따랐다. 그러면서 난 소맷부리 안에서 자꾸만 손가락을 꼼지락거렸다. 어떤 말이 오갈지 얼추 짐작

되어 긴장감이 더해졌기 때문이었다. 자리에 앉은 김 대감이 수염을 쓸어내리며 아기씨를 쳐다보았다.

"할 말이 무엇이냐? 뭐, 학습에 부족한 것이 있거든 얼마든지 말해 보아라."

지금껏 들어본 적 없는 넓고 부드러운 목소리였다. 하지만 한편으로는 이후의 일이 염려되었다.

"서양 의원이 되고 싶어요. 벼리와 함께 미리견에 보내 주세요."

"뭐, 뭐야? 뭐가 돼? 어디를 가?"

아니나 다를까, 앉아 있던 김 대감이 벌떡 일어났다. 한량없이 자애롭던 목소리에 당혹스러움이 철철 흘러내렸다. 거친 말투가 아니었는데도 나도 모르게 어깨가 움츠러들었다. 아기씨는 괘념치 않고 말을 이었다.

"아버지, 서양 의술과 벼리 덕분에 역병을 이겨 냈어요. 더 이상 무슨 말이 필요하겠어요. 의원이 돼서 힘을 실어 드릴게요. 조정에서도 분명 저를 필요로 할 거예요."

아기씨가 찾은 병기라는 것이 서양 의원이라니 뜻밖이었다. 그러나 강진 오라버니의 죽음을 안타까워하던 모습을 생각하니 의

중이 이해되었다.

"크흠, 미진이 네 뜻은 알겠으나 안 될 말이다. 미리견이라니, 그곳이 어딘 줄 알아!"

"제게 힘을 키우라고 하셨잖아요. 조선에서 여자는 웬만한 것이 아니고서는 힘들어요. 아버지도 아시잖아요."

"그래서 잉글리시를 익히라고 한 것이야. 내 옆에서 세상 돌아가는 것을 보며 힘을 키우면 될 텐데, 무엇 하러 그런 고생을 하겠단 말이냐."

"잉글리시로는 부족해요. 그보다 의술을 익히고 싶어요."

김 대감이 기막히다는 듯 헛웃음을 쳤다. 그러고는 내게로 시선을 돌렸다.

"미리견에 가고자 한다는 말은 들었다. 이것이 네 속셈이냐? 미진이 덕에 미리견에 따라가려는 것이야?"

김 대감의 화살이 내게로 향했다. 목소리는 한층 거칠었고 화가 담겨 있었다. 난 기가 막혀 그저 김 대감을, 그리고 아기씨를 번갈아 쳐다보았다. 그렇다 하면 경을 칠 것이고, 아니라 해도 믿지 않을 것이었다. 그러니 내 마음을 따라 하고자 하는 말을 하는 것이 옳았다.

"잉글리시에 대한 마음은 진심이에요."

"그렇지, 그래서 우리 미진이를 꼬드긴 것이냐?"

"아니에요, 노비인 어머니가 이곳에 계신데 어찌 발길이 떨어지겠어요. 아기씨께서 황송하게도 같이 가자 해 주셨어요. 그런데……, 저는 아직 모르겠습니다."

"모르다니, 무얼?"

"어머니를 두고 미리견에 가는 것이 옳은 것인지요. 대감마님, 제가 없는 동안 어머니의 안위를 약조해 주셔요. 그러면 아기씨와 함께 다녀오겠습니다."

"뭐, 뭐야? 또다시 미진이를 입에 올리는 것이야?"

쾅! 서안을 내리친 김 대감의 손이 부르르 떨렸다. 한쪽 눈썹을 꿈틀거리는 얼굴에는 노기가 가득했다. 더한 불호령이 떨어지기라도 할 것 같았는지 아기씨가 말을 가로챘다.

"벼리가 저를 꼭 따라가야 하는 건 아니에요. 더 이상 노비가 아니니까요. 아버지, 미리견에서는 신분에 위아래가 없대요. 벼리가 저와 함께 간다면 속셈이 있어서가 아니라 친우이기 때문일 거예요."

"왜 그런 망측한 소리를 하느냐, 미진아, 면천되었다 한들 엄연히 반상의 법도가 있거늘, 그런 말 말거라. 성심껏 보필한다 해도 너를 보내지 않을 판에 친우라니, 어림없는 소리야. 그러니 미진아, 미리견은 그만 잊자꾸나."

내게는 벼락같은 김 대감이 아기씨에게는 한풀 숨을 죽였다. 시종일관 얼렀으며 부탁하는 것도 같았다.

그러나 곧, 말을 마친 김 대감의 시선이 내게 향했다. 마뜩잖은 표정으로 쳐다보더니 몸을 돌려 비껴 앉았다. 더 이상 들을 것도 없다는 뜻일 것이다. 아기씨의 한숨이 깊었다. 방을 나서다 말고는 결심한 듯 말을 보탰다.

"아버지, 전 의원이 될 거예요. 사람을 살리는 것은 물론 아버지도 도울 거고요. 그러니 허락해 주셔야 해요. 이번만큼은 아버지께서 제 뜻을 따라 주셔요."

김 대감은 아무 대꾸도 하지 않았다. 사랑방을 나서는데 등 뒤로 김 대감의 혼잣말이 들려왔다.

"강진이 보낸 지 얼마나 됐다고, 쯧쯧."

아……, 그랬다. 어머니를 두고 떠나지 못하는 나와 자식을 떠나보내지 못하는 김 대감은 같았다. 또한, 꿈을 좇아 떠나고자 하는 아기씨 모두의 마음은 옳았다.

타탕………, 타타탕!

늦은 밤, 누군가 학당 문을 두드렸다. 소리가 조심스러운 것으로 보아 급한 일은 아닌 듯했다. 그런데도 밤중의 방문은 어딘가 불길한 느낌이 들었다.

"누구셔요?"

"나다, 어미야."

문밖의 어머니는 무어라 말을 계속했으나 잘 들리지 않았다. 조바심이 나 급하게 문고리를 열었다. 김 대감에게 한 말이 지나쳤던 걸까. 그래서 해코지라도 당한 것일까. 그게 아니라면 이 밤에 어머니가 올 일이 무엇이 있을까. 잠깐 사이에 여러 생각이 들어 가슴이 두근거렸다.

"어머니, 괜찮아요? 갑자기 무슨 일이에요?"

다짜고짜 어머니를 붙잡고 이리저리 살폈다. 얼굴도 몸도 성해 보여 일단 안도했다.

"야밤에 찾아와 미안하다. 잠깐 말할 것이 있어서 왔어."

앞장서 방으로 들어가 불을 밝혔다. 동심원처럼 퍼져 나간 불빛이 어머니의 얼굴에 닿았다. 눈물이 그렁그렁한 어머니의 눈을 보는 순간 두려움에 숨이 막혔다. 도통 무슨 말을 할지 짐작이 되지 않았다. 말문을 열기까지의 그 짧은 시간이 견딜 수 없이 불안했다. 이런 마음을 눈치챈 걸까. 어머니는 내 손을 꼭 잡았다. 손길에서 전해진 온기에 요동치던 걱정이 다소 가라앉을 즈음 어머니가 입을 열었다.

"얘야, 나도 양인이 되었어."

무슨 말인지 이해가 되지 않았기에 확신 또한 서지 않았다. 그러니 들었지만 듣지 못한 것이나 진배없었다. 맞잡은 어머니의 손에 힘이 들어갔다.

"대감마님이 노비 문서를 불태우셨단다."

어머니의 눈자위가 바들거리더니 고여 있던 눈물이 주르륵 흘러내렸다. 도무지 믿기지 않았다. 꿈일까, 그렇다면 깨고 싶지 않았다.

"네가 돌아가고, 아기씨가 다시 대감마님을 찾았어. 한참을 얘기하더구나. 무슨 얘기가 오갔는지 나는 모른다. 다만 아기씨가 돌아가고 난 뒤, 나를 부르셨지. 그러고는 대뜸 노비 문서를 태우시지 않겠니."

"예에? 아니, 무엇 때문에……."

"이게 무슨 일인가 싶다. 믿어지지 않아. 미리견에는 노비가 없다는데 참말이냐, 앞선 곳에서 지내려면 그리하는 것이 옳다고 하시며…… . 대신 아기씨를 따르라고 하시더구나. 벼리 너는 통변을, 내게는 아기씨 보필을 말씀하셨어. 역병으로 몸이 쇠해 있으니 먹을 것에 각별히 신경 쓰라 하시더구나.”

깨져 버린 꿈인 줄만 알았다. 그토록 바라고 요구하던 어머니의 면천이 생각지도 않은 순간에 기적처럼 이루어졌다. 이 모든 것은 철저히 미진 아기씨를 위한 김 대감의 처사였다. 미리견 행을 허락해야만 한다면 최대한 안심할 수 있는 상황을 꾸려 주고 싶었을 것이다.

“떠나기 전까지는 그 집에 있으려 해. 어차피 아기씨를 살펴야 하지 않겠니.”

아무래도 좋았다. 앞으로 어머니와 함께 어디라도 갈 수 있고 무엇이라도 할 수 있을 테니.

학당을 나서는 어머니의 발걸음이 가벼워 보였다. 이제 조금만 있으면 어머니와 온전히 지낼 수 있을 것이다. 그것은 약속된 희망이었다. 희망은 숨을 불어넣어 주었고, 살아 있음을 느끼게 했다. 모든 것이 아름답게 보였다.

에필로그

처음 보는 바다는 생명을 품고 있는 듯 신비로웠다. 짙푸른 물결이 춤을 추듯 굽이쳤고 바람 따라 짠 내가 솔솔 넘어왔다. 집채만 한 배의 위용에 압도되어 한동안 눈을 뗄 수 없었다. 시선을 돌리는 곳마다 처음 보는 것들이니 조선 땅을 떠난다는 것이 실감 났다.

아델라는 배에 오른 후의 일에 대해 상세히 설명해 주었다. 제물포항에서 나가사키를 거쳐 뉴욕으로 갈 것이라며, 달포 정도의 시간을 예상했다. 목적지인 뉴욕에 도착하면 갈빛 머리를 한 젊은 여인이 우리를 기다리고 있을 것이라 했다.

달포라니, 배에 오르기도 전부터 까마득했지만 내색하지 않았다. 오히려 여유 있는 체하며 고개를 끄덕였다. 불안해하는 아기씨를 안심시키기 위해서였다. 아기씨를 보니 출발을 앞두고 김 대감이 한 말이 생생했다.

"미진아, 이역만리 미리견으로 가는 것이니 무슨 짓을 해서라도 성공해야만 한다. 그것이 너와 내가 실리를 찾는 일이야. 약하게 굴지 말고 마음 강하게 먹거라."

그러더니 눈빛을 바꿔 어머니와 나를 다그쳤다.

"둘은, 시시각각 미진이에게 신경 써야 할 것이야. 먹고 생활하는 것, 학문을 익히는 데 있어 일말의 불편함도 없어야 해. 명심하거라."

"여부가 있겠어요. 성심껏 보필할 테니 아기씨는 염려 마셔요. 저희가 어찌 대감마님의 은혜를 잊을 수 있겠어요."

어머니의 간곡한 목소리에 김 대감이 흡족한 웃음을 지었다.

맞다, 은혜라면 은혜였다. 그런데 대감마님의 은혜라는 어머니의 말에서 돌아가신 아버지가 생각났다. 어머니와 나의 면천에서 아버지의 죽음은 빼놓을 수 없었다. 그것은 세월이 흘러도 잊을 수 없는 일이었다. 은혜와 원한 사이에서 혼란스러운 마음 또한 평생 가져가야 한다는 사실이 새삼 무겁게 다가왔다.

갑판에 오르니 조금 전까지 우리가 서 있던 곳이 멀게 보였다. 잠시 후면 육지가 까마득해져 발조차 디딜 수 없다니 알 수 없는 기분이 들었다.

"드디어 미리견에 가게 되었어요. 어머니까지 함께 갈 수 있을 거라고는 생각조차 못 했어요."

"후훗, 실은 나도 놀랐어. 미리견에서는 노비 두는 걸 잘못으로 여긴다고 말씀드렸거든. 그곳에서 부끄럽고 싶지 않다고 했는데…… 진짜 면천시켜 주실 줄은 몰랐어. 이제는 아버지가 나를 강진 오라버니만큼이나 귀히 여기신다는 것이 느껴져."

"그날, 대감마님께 아기씨를 걸고 안위에 대해서만 말씀드렸잖아요. 어머니 면천 얘기는 차마 못 하겠더라고요. 그래서 생각도 못 했어요. 모두 아기씨 덕분이에요."

"네가 나를 친우로 여길 거라고 했잖아. 그래서 면천 얘기도 꺼낼 수 있었어. 미리견은 조선과는 많이 다를 거라고, 그러니 다르게 생각할 줄 알아야 하지 않겠느냐고 했지. 그런데 친우로서 돕겠다는 말 말이야, 진심이야?"

나도 모르게 미진 아기씨의 눈길을 피했다. 면천되었지만 조선에서의 생활은 크게 달라지지 않았기 때문이다. 내게 여전히 아기씨는 아기씨였다. 하지만 용기를 내고 싶었다. 아기씨가 김 대 감에게 뜻을 밝혔듯 나 역시 그리하고 싶었다. 어렵지만 천천히 고개를 끄덕였다.

"미리견에 도착하면 동무가 되고 싶어요."

생각만으로도 낯설었다. 변화를 위해 한번은 넘어야 할 산이 고, 누군가는 해야만 할 말이었다. 그렇다면 내게서 비롯되기를 바랐다. 빙그레 웃는 아기씨의 볼우물이 깊게 팼다. 괜히 멋쩍어 진 난 일부러 말머리를 돌렸다.

"늦단이가 자전을 잘 만들겠지요? 붉은 댕기 사 주며 제 소원 은 미리견에 가는 것이라고 했거든요."

"서운해서 울고불고하던 것도 잠깐이지 않았어? 자전 값을 가 지라 하니 눈물이 쏙 들어가더구나."

"언젠가 학당에 맏언니 노릇을 톡톡히 할 거 같아요."

내 말에 아기씨가 싱긋 웃었다. 아직 떠나기도 전인데 벌써 그 리움이 슬금슬금 밀려왔다. 바닷바람에 콧등이 시큰했다. 삼 년 전, 처음 김 대감 댁을 나올 때는 두렵기만 했는데, 조선을 떠나 는 지금은 두려우면서도 설렜다. 그것만으로도 한 뼘 자란 느낌 이었다.

부우웅. 묵직한 소리가 하늘을 뒤흔들었다. 생전 처음 들어 보는 엄청난 울림이었다. 아기씨와 난 귀를 막았다. 가만 보니 배에서 뿜어내는 소리였다. 그러다 주위를 보았는데 다들 태연한 모습이었다. 아기씨가 몸을 바로 하며 멋쩍게 웃었다. 덕분에 긴장이 조금 풀렸다.

　긴 여정을 시작하면서 돌아올 날을 남몰래 그려 보았다. 의원이 된 아기씨와, 통변가가 된 나를, 그리고 옆에 있을 어머니까지. 생에 있어 더없이 행복한 날이 될 것 같은 기대감이 들었다. 이런 상상은 고될 때마다 정진할 수 있는 힘이 될 것이 분명했다.

　부우웅. 다시 한번 뱃고동이 울렸다. 다시 한번 마주 보고 웃었다. 그냥 그렇게 웃음이 나왔다. 배가 조금씩 앞으로 나아가고 있었다.

작가의 말

◆

1880년대 조선은 서양 여러 나라와 조약을 맺으며 개화 정책
이 진행되던 때였어요. 갑신정변으로 신분제 폐지에 대한 요구도
나왔고요. 이런 급변을 평민들이 몸소 느끼기는 어려웠을 거예요.
그저 근면하게 주어진 일을 하는 것이 그들의 의무이자 삶의 전
부였으니까요.

그 시절 조선의 청소년에 대해 생각해 보았어요. 신분제 피
라미드의 아래쪽에 있는, 권세를 가질 수 없었던 평민과 천민의
10대, 그중에서도 상대적으로 약자였던 소녀들은 어떤 마음을 품
었을지 말이에요.

그들은 꿈을 꾸었을까요? 아마도 우리가 흔히 말하는 꿈이라 기보다 삶에 대한 소박한 바람을 지니지 않았을까 싶어요. 꿈을 가졌다 한들 신분제라는 굴레가 단단하게 옭아매고 있었으니까 요. 그러다 보니 노비의 최대 꿈은 면천이었겠다는 데에 생각이 닿았어요.

　《열다섯, 벼리의 별》은 1880년대 중반을 배경으로 해요. 노비 인 벼리는 꿈에 그리던 아니, 꿈조차 꾸지 못했던 면천을 받아요. 꿈꾸지 않았기에 어쩌면 달갑지 않았을 거 같아요. 갑자기 불어 온 비바람에 쫓기듯 세상에 홀로 던져졌고 남몰래 눈물을 삼킬 수밖에 없었거든요.

그런데 공교롭게도 가장 힘든 그때부터 마음에 몽글몽글 별이 자라기 시작했어요. 벼리는 스스로 진정 원하는 것을 묻고 이루어진 모습을 거듭 그려 보았어요. 벅참과 떨림을 느꼈지요. 때로는 고민하고 절망했고요. 시간의 옷을 입으면서 마음속 별은 조금씩 영글어 갔어요.

벼리의 꿈은 현재진행형이에요. 언젠가 밤하늘에 띄워 올린 반짝거리는 별 하나를 볼 수 있겠지요. 여러분도 벼리처럼 가슴에 품고 있는 나만의 별을 발견하길 바라요. 여러분과 벼리의 여정을 진심으로 열렬히 응원해요!

백나영